Earthsphere Chronicle

Incarnater Alice

LOVEC

Asuka Shota

あたしは、アークのことが……

Earthsphere Chronicle

Incarnater Alice

LOVE

Asuka Shota

カバー、口絵、本文デザイン／渡辺 誠（スペース・マオ）

Contents

世は大海賊《かいぞく》時代！

海賊王が残した大秘宝を巡って、野望高き者たちが冒険を繰《く》り広げる世界があった！

だが、この話とは関係ない！

この物語の舞台は、のどかな異世界・アースフィア。

しかし、その平和は破られた。

魔王族《ファンタジー》が復活したのである！

原罪神《オリジナルシン》から生まれた魔王《まおう》たちに率いられ、魔獣《まじゅう》、魔人、魔物と、おなじみの面々が復活を果たしたのだ。魔王軍の軍事力は圧倒的だった。人間は殺される以外、為《な》す術《すべ》を持たなかった。

マジで彼らは強かった。101魔王の頂点を占める大魔王ともなれば、指先をちょいと弾《はじ》くだけで、街がボンッ！　島がドンッ！　火山がズゴォオオオオオン！　ってな感じで、もう笑うしかないほどに強かった。それに引き替え人類ときたら、騎馬《きば》隊を鉄砲で撃破《げきは》したぐらいで「時代が変わった！」と大騒《さわ》ぎしているようなレベルだったから、まったく話にならなかった。

はっきりいって人類はゴキブリだった。てめえらは台所の隅ですら生きている資格はねえ、とばかりに殺して殺して殺しつくされた。「人間ホイホイ」「人間コロリ」「人間まるごとポイ」

など、次から次へと新製品が開発され、魔王の奥さんは「あーら、今日は人間がたくさん死んでて助かるわぁ」と喜んでいた。

世界は存亡の危機だった。

『彼女』が現れたのはそんな時だった。人間でありながら、その身に《魔王の心臓》を宿した少女。

アリス・キャロル。まだ16歳の、花も恥じらう乙女だった。

不慮《ふりょ》の死から恐るべき力を得て生還を果たした彼女は、魔王の一味として無実の罪を着せられるも、８大魔王のひとり、ルーク・ザ・ルーツを撃破し、その名を天下に知らしめた。

彼女は希望となった。アースフィアを救う光となったのだ。

問題もなくにはなかった。

人の身である彼女から魔王の力を引きずり出すためには、余計なものをすべて脱ぎ捨てなければならなかったのである。

裸にならなければ、彼女は力を使えない。

もう一度言おう、彼女は裸にならなければならないのだ。

地球を救うために！

毎回こんな強引な話でホントごめんな。

第1話　「むちゃくちゃ迷惑!!」

生きているといろんなことがある。

確かにあたしは大魔王《まおう》だ。

この胸には心臓の代わりに《魔王の心臓》と呼ばれる魔力炉《ろ》が入っている。そのせいでしたくもない戦いに巻きこまれて、しょーがないから倒してまわったりもした。そのとばっちりで消滅させてしまった都市も数え切れない。心は痛んだけれど、50を超えたあたりからは悟りの境地に入ってきた。だって、私が悩まなくても懲役《ちょうえき》という素敵《すてき》な刑罰をプレゼントしてくれる裁判官という人たちがいるし。

8億年だって。

牢《ろう》の中から人類の滅亡を見守れそうな年月よね。

そんなわけで、あたしはめっきり嘘《うそ》を付くことがなくなった。

罪を問われて、しらばっくれるなんてしない。

認めたところで懲役が10年20年伸びるだけだし、そんなもの8億年の前ではゴミだ。

おかげで今のあたしはとっても正直者。

それにしても、生きているといろんなことがあると思う。

まさか、
してもいない犯罪の容疑がかけられるとは。

♥

時は夜、雲ひとつない空、埋め尽くす満天の星。

ここは南の島、常夏《とこなつ》の楽園ダナ・ヌイ王国。

浜風が遠くから潮《しお》の匂《にお》いにのせて吹いてくる。熱帯特有の生温い風。品のない乱入者さえいなければ、さざ波の音とて聞こえてくるだろう。そんな浜辺に近い道の上に、ひとりの少女と、武装した男たちが向かい合っている。

男たちは警察官《けいさつ》だった。手には警棒、威圧感のある黒を基調とした制服、定規で引いたような表情、一寸の緩《ゆる》みもないまなざし。れっきとした警察官だった。数は30人ほどか。

彼らが見据えている少女は黄色いワンピースも清楚《せいそ》な、健康を絵に描いたような子だった。南国の太陽を浴びてこんがりと焼けた肢体《したい》。袖《そで》の先にちらりと見える日焼けを逃れた白い肌《はだ》、ワンピースはベルトをしてないせいもあり、胸のところで大きくでっぱったまま、首から布一枚をかぶったみたいにすとーんと落ちている。つむじ風が吹いたらどうなるんだろう、と思ってしまうほどに無防備な姿。怒っていても笑っているように見える顔立ちも無防備だ。

武器など手にしているはずもない。

髪に挿《さ》した赤い花で人が殺せるというのなら話は別だろうが。

とにかく警官《けいかん》たちにいきなり詰問されたアリスは、口をぽかんと開けた。

「げんこうはん？」

初めて聞く言葉みたいに尋ね返した。

きょとんとする頭に合わせてポニーテールが揺れる。

結んだリボンは髪に挿《さ》した花と同じ鮮《あざ》やかな赤色。そのリボンが警官の怒声に震《ふる》えた。

「しらばっくれるな！」

怒鳴ったのは先頭に立った警官だった。えらく胸板の厚い警官だった。

名をダービンと言う。

赤毛の男だ。南国だけあって制服も薄《うす》く、その下で雨宿りできそうな大胸筋が張り出していた。胸の大きさという意味ではアリスに負けていない。

正義という油を注いで激しく燃えあがるダービンは、語気を荒げて詰め寄った。

「貴様が王宮の宝物庫から秘宝を盗みだしたことはわかっているのだ！」

「は、はあっ？」

「とぼけるな！　貴様は大魔王《まおう》アリスなのだろう！」

「ちょ、ちょっと待ってよ。あたし、この国じゃまだ何もしてないでしょ！　だからあんたたちにあたしを捕まえることはできないはずだわ！」

「現行犯だと言っておろうが！」

「現行犯、現行犯って、あたし、この島に来てから何もしてないよ！」

「しらを切るな！」

「だから話を聞いてってば！」

ダービンは黙《だま》って手を振り下ろした。それが号令だった。

「おおおおおおおお！」

部下の警官たちはたちまち手にした警棒を掲げ、アリスに襲《おそ》い掛かった。

「話を聞いてって言ってるでしょ～っ!!」

アリスは回れ右をした。戦いたくないから逃げるしかなかった。

なのに、

「逃走罪だ!!」

「何よそれええええええ!?」

アリスはたまらず絶叫した。

「このゲイネスト・ダービン！　ダナ・ヌイの法を守護《しゅご》する者として、断じてお前を逃がさない！」

「アーク！　どこにいるの!?」

合流しなくては、と走りながら名を呼んだ。

返事はない。

（先に捕らえられていたらどうしよう）

アリスは胸が締《し》め付けられる思いがした。

アークはただの仲間だ、と彼女は心の中で定義していたのだが、本当にただの仲間なら、不安で不安でこんなにも胸が切なくなったりはしない。

好きなのだ。

しかもそれだけではない絆《きずな》が、２人にはある。

アークは元々の《魔王《まおう》の心臓》の持ち主、つまり大魔王なのだが、アリスの命を救うため彼女に《心臓》を渡してからはただの人間、いや、それ以下になってしまった。

剣を振るう腕力もなければ、格闘《かくとう》する体力もない。ましてや痛みに耐える精神力など。

しかも魔法が使えない身体《からだ》ときたものだから、最弱の集大成が完成したようなものだった。

それでも……。

いや、だからこそアリスはアークのことが心配でならない。

（痛い目に遭ってなきゃいいけど……）

（もしアークの身にもしものことがあったら、ただじゃおかないんだから）

（その時は戦ってやるんだから！）

アリスは迷わなかった。

ものの１分もしないうちに、アリスは警官《けいかん》隊を振り切っていた。

大魔王の力がアリスの身体能力を常人の域を遥《はる》かに超えていたものにしていたのだ。舗装《ほそう》されていない道はでこぼこで、すぐに足がもつれて転びそうになる。それでも無理に走ろうとするから、踊る気もないのに身体がタコ踊りみたいになる。かまうものか。

早く、早くアークの許《もと》へ――。

それだけの思いでアリスは息も荒れるにまかせて、宿泊地であるバンガローに飛び込んだ。いない。

荷物はある。どこに行ったか情報はないかと針のようにした目を、部屋の隅から隅へとはいまわらせる。

すると机の上に置き手紙が。

やった！　と喜びながら目にした紙にはこんな文字が。

『露天風呂《ろてんぶろ》に入ってるから』

（ますますやばい！）

アリスは頭をかかえた。

（こんなところを警官たちに襲《おそ》われたら……）

魔法が一切使えない魔族が勝てる相手など、生まれたばかりの子馬ぐらいのものだ。

その子馬ですら１時間もすれば自分の足で立ち上がり、アークを突き飛ばすことができるだろう。それほどまでに魔法の使えない魔族は貧弱な存在だった。

「アークっ！」

部屋を飛び出すアリスの顔は夜の海のように暗かった。

本物の海が見える。昼間ならば真っ青に見えるはずの遠浅の海。

そして走る彼女の背には、ひときわ大きな山が見える。

島の聖峰グレイスケープ。もくもくと吐き出している噴煙《ふんえん》は火山のものだ。ここ数十年は爆《ばく》発《はっ》もなく、黙々《もくもく》と地下水を温め、人々に温泉を供給している。アリスとアークが泊まっているバンガロー村にも共用の露天風呂《ろてんぶろ》が用意されていた。

椰子《やし》の木が並ぶ道を抜けていくうちに、風呂の暖簾《のれん》が見えた。

『男湯』とある。

思わずアリスの頬《ほお》に羞恥《しゅうち》が浮かんだ。でもためらっている時間はない。

彼女は突入した。更衣室を抜けて、浴場へ。

彼がいた。

「アークっ！」

うれしさが声となった。満開の花みたく、アリスは喜びを顔いっぱいに見せた。

するとアークはぎょっとした。

「アリス⁉」

アークが思うに、彼女はそういうキャラではないからだ。

男風呂に平気で入ってくるような。ましてや喜ぶような。

（ど、どういう風の吹き回しだ？）

信じられず、目を疑って、頬をつねってみたりする。

痛い。

目を白黒させながら、自分なりに理由を考えてみた。

（なるほど！）

思い至るところがあって、ぽんとアークは手を打った。

いっぽうアリスにそんな余裕はない。サイレンは頭の中でカンカンと鳴りつづけている。

だから荒れる息を整える時間ももったいないとばかりに、乱暴に告げた。

「いろいろあるけど、説明してる時間はないの」

「わかってるよ」

言うやアークは左手をアリスの腰にまわし、右手で彼女の腕をつかんだ。

「えっ？」

押し倒した。

「ちょ、ちょっとお！」

わけがわからずアリスはじたばたした。焦って、声が裏返る。

アークはというと、壊《こわ》れそうなぐらいうれしそうな顔をして、

「ついにアリスも、俺《おれ》に身も心も任せてくれる時が来たんだな」

「な、何言ってんのよ！」

「だって、俺と一緒に風呂《ふろ》に入ろうと思ったんだろ？」

「へ？」

「だからさっさと邪魔《じやま》な服を脱いじまおーぜい♪」

「違う〜っ！」

別の意味で大ピンチ。

「今さら恥ずかしがんなよ」

やたら強気のアークの下で、アリスは顔も真っ赤っ赤。

「違うったら！　あたしの話を聞いて!!」

「いいさ、おまえの気持ちは痛いほどわかってるから」

「わかってない〜!!」

「あ、やっぱ女湯がいいのか？」

「根本的にわかってない〜〜〜っ!!」

アリスはアークを突き飛ばした。

立ち上がり、逆に彼の背中に馬乗りになって、その首を絞めつけた。

「誰《どあ》が、アンタと一緒にお風呂に入りたいですってえええええ？」

「ぐぎぎぎぎ……」

紋めた首をぎりぎりと引き寄せる。

今度はアークが顔を青くさせる番だった。

大好きなアリスの大きな胸が背中にあたって、にへら、とニヤけるはずのスケベ大王ぶりも、こんな状態ではそうもいかない。

「こら、反省しなさい！　反省を！」

「あうえいひまいた」

「ちゃんと声に出して言いなさい！」

「いひが、れきらい」

「ちゃんと！」

「いひが、れきらいんらってば！」

喉《のど》を決められて満足に発音もできないアークにむちゃな要求をする。いつものパターンといえばいつもの条件反射なのだが、ちょっとした仕返しでもあり、素直になれないアリスなりの彼とのコミュニケーションだったりする。

だが、今は緊急《きんきゅう》事態だった。

「逮捕するううう！」

警官《けいかん》たちが追いついてしまった。

先頭に立つは赤毛のダービン。短く刈った髪が炎のように逆立っていた。

アークの姿を見つけると、満足げに鼻息をもらす。

「ちょうどいい。２人まとめて現行犯逮捕だ」

「しまった……」

ほぞをかむアリスのそばで、状況を悪化させた張本人は、いかにもわかった風な顔をして、

「それほどに俺《おれ》たちの恋愛は罪なのか……」

真剣な口調だった。

「あほかーっ！」

ぽかーん、と気持ちのいい音。風呂桶《ふろおけ》がアークの頭をヒットした。

「え、違うのかよ。だってこいつら、俺たちが愛し合おうとするところに」

「誰《どあれ》が愛し合ってるのよ、誰《どあれ》が!?」

「俺とアリス」

ドス。ドス。ドス。ドス。ドス。

理性のヒューズをぷちんぷちんと飛ばしたアリスは、びしっと立てた人差し指でアークの眉《み》間《けん》を連打した。

「勘違いもほどほどにしなさい！　あたしたちは王家の秘宝を盗んだって決めつけられて、こんな状況になってるのよ、わかる!?　わかる!?」

「王家の秘宝?」

額《ひたい》を押さえながらも、きょとんとした顔でアークが尋ねた。

ちなみにアークも正直者だ。懲役《ちょうえき》億万長者だから。

もちろん知っててとぼけることもあるが、そういう時にするニヤついた仕草《しぐさ》は今のアークにはない。つまり本当に知らないのだ。

しかし彼らを犯人と決めてかかっているダービンにしてみれば、しらばっくれているようにしか見えないというのも、これまた当然の反応だった。

「とぼけるな! **ファリアス・モールフィース**（Falias-Morfhis）だ!! 聖峰グレイスケープに眠る魔王《まおう》を封印する王家の至宝だ!!! 貴様がはめている指輪のことだ!!!!」

「違うぜ、これは」

アークは手を横に振った。

「どういうこと?」アリスが聞いた。

「俺のしている指輪の姉妹《きょうだい》が、この島にもいるらしい」

「**統べる者の指輪**（Ring of the Lord）って他《ほか》にもあるの?」

アリスはびっくりした。

「ま、神様だって、指は5本あるからな」

アークは別段驚《おどろ》いた様子《ようす》もなく、右手の中指にしている指輪を見せた。

エメラルド色の宝石だ。

深い緑の結晶には人の目には見えない微細な魔法陣《まほうじん》が描かれている。

爪《つめ》ぐらいの大きさの石に、魔王を支配する力が秘められているのだ。

魔王族の始祖を**原罪神**（Original Sin）と言う。その神が右手にしていたと言われる指輪が《統べる者の指輪》と呼ばれる代物《しろもの》だった。

その1つが、この島に魔王を封印しているらしい。

「じゃ、あたしたちが真犯人を捜すのに協力するってことにすれば……」

「信じられるか～っ！」

ダービンはひときわ声を張り上げた。

「だって、盗んでないものは盗んでないんだもん！」

「貴様がやったという、れっきとした証拠がある！」

「そんなのあるわけないじゃない！」

「証言があるのだ！」

「どんな!?」

ダービンは手にした警棒《けいぼう》をアリスにつきつけた。

「指輪を盗んだのはポニーテールで胸のでかい女だったとな！」

警棒の先がつっついた。

彼女のワンピースの薄《うす》い生地の下で、大きな証拠がたぷんと揺れた。

ぷちん……。

アリスはキレた。

「なっ、なっ、何よそれ〰〰〰っ！」

「うむ。たしかにアリスは胸がでかい」

アークがうなずいた。

「納得するな！」

すぱーん、とアークを殴る。

「俺《おれ》、なんか間違ったこと言ったか？　おまえ、90もあって小さいって言い張る気かよ！」

「そういう問題じゃないっ！」

両手をぐーにして怒る。

なんだかいつもの展開になってきたことに、彼女はまだ気づいてない。

アリスの胸をめぐる話の行き着く先は、いつでも1つであることに。

「自慢の胸が動かぬ証拠になったというわけだな」と、ダービン。

「あたしは自慢なんかしてないっ！」

「そうそう、アリスのおっぱいは俺のためにあるんだから」と、アーク。

「誰《どうあれ》がそんなこと言ったの!?」

「そんなに乳繰《く》り合いたければ、牢獄《ろうごく》で乳繰り合うがいい」と、ダービン。

「勝手に話を進めないでよ！」

「ああ、ベッドもあるし」ぽん、とアークは手を叩《たた》く。

「だから、勝手に話を進めるなあああああ！」

アリスは顔のほとんどを真っ赤にしていた。

それを見て、アークが言う。

「かわいい」

耳たぶまで赤くなった。

アークにじっと見つめられると、アリスは急にどきどきしだして、しどろもどろになった。

「あっ、あたしはねえ！」

酔っ払った人みたいにろれつが回らなくなる。

うつむいて、人差し指と人差し指をごにょごにょと回したりする。

その手をアークが握った。その途端《とたん》、アリスの心に甘い痺《しび》れが走った。

「あっ……」

そんな隙《すき》に。

「狙撃《そげき》隊！　前へーっ！」

ダービンの号令が飛ぶと、海が割れるように前衛《ぜんえい》にいた警官《けいかん》たちが左右に散り、ライフルを構えた警官たちが現れた。

「本気かよ」

「逃がすぐらいなら、ここで処刑する！」

「法の守護者《しゅご》なんてでしょ!?　裁判抜きに処刑なんてアリなの!?」

「このゲイネスト・ダービン！　法を守るためなら、手段を選ばぬ!!」

「うわ、こいつ、俺《おれ》たちと同じぐらいむちゃくちゃだ！」

「アーク！　そんな感心の仕方ないでしょ！」

「狙撃隊！　撃《て》────っ！」

ダダーン！　ダダダダーン！

狙撃隊は一斉に発砲した。

だが、銃弾は2人に届かなかった。

間一髪、アークがアリスの手を引いて脱出したからだ。

「くっ、回り込め！」

ダービンの怒号が飛ぶ。

だがアークは余裕の笑みを浮かべた。

勝利を確信しているのだ。

「アリス、オレたちも反撃《はんげき》だ！」

「えっ？」

言うか言わないかのうちに、アリスはワンピースを下から上に剝《は》ぎ取られていた。

味方の手によって。

見るもあらわになるアリスのふくらはぎ、太もも、おなか、
そして下着をつけていなかった、胸。

「おおーっ！」

警官《けいかん》たちからもたちまちどよめきが巻き起こる。

それほどアリスのおっぱいは満月のように美しく、豊かだった。

もっともそんな評価を当の本人が喜んでいるはずもなく、

「なんでこうなるのよおおおおおおおおお——っ!?」

怒っていた。

「ちょっと！　アーク！　返してよ！」

ワンピースを取り返そうと、アリスはアークと攻防を開始した。

「おっ、エネルギーたまってきたな！」

「えっ」

アリスは、自分の身体《からだ》が発光を始めていることに気づいた。

歌舞伎《かぶき》の隈《くま》取《ど》りのような紋様が全身に浮かぶ。淡い桃色《ももいろ》に瞬《また》きはじめる。

「マズイ！　魔王呪紋《まおうじゅもん》が発動するぞ!!」

誰《だれ》かが叫んだ。

その途端《とたん》、警官たちはたちまちパニックに陥った。

アリスの胸には《魔王の心臓》があった。その先端から放たれる凄《すさ》まじき光線は海を割り、雲を裂き、大地すら焼き尽くす。

アークが叫んだ。

「今さら気付いたって遅いぜ！　俺《おれ》の作戦にな！」

「うあああああ！」

「逃げるな！　貴様ら、ダナ・ヌイの法と秩序を守る誇りはどこへ行った〜〜〜〜〜〜！」

命のほうが大事らしい。

ダービンの制止を無視して、警官たちは我先にと逃げ出しはじめた。

それを見て、アークはますます調子にのった。

「死にたくねえやつは5秒以内に逃げろ〜っ！」

「うあああああああああああ！」

「ま、待て、話し合おう！　我々も強引すぎた！」

戦う前の壊滅《かいめつ》状態に、ダービンも慌てはじめた。

「何が待てだ、いまさら遅《お》せーんだよ！」

「ちょっと待ってよ、アーク」

アリスは両手で彼の顔をつかむと、無理やり自分を向かせた。

「作戦ってどーゆー意味よ」

「おっぱいビーム撃《う》つには準備がいるだろ」

「……そのネーミングどうにかなんない？」

「お前が恥ずかしがるぐらいがいいんだよ。すぐに反撃《はんげき》できるようにな」

人であるアリスが魔王《まおう》の力をふるうには感情を限界突破させなければならない。

限界突破する感情はなんでもよいが、他人が仕向けるのに一番てっとりばやい方法は、彼女を赤面させることだった。

まあ、理屈としては通っている。

通っているのだが、肝心のアリスが納得していなかった。

「つまりアークは……、呪紋《じゆもん》を使うために、あたしを、もてあそんだの？」

途《と》切《ぎ》れ途切れに息をもらした。

ぶるぶると心が震《ふる》えだして、言葉をつぶやくのもままならなくなる。

笑い声も乾き、荒む。

「はは、ははは……」

いっぽうアークはあっけらかんと。

「人聞きの悪いこと言うなよ、ちょっとからかっただけじゃんか」

「からかった……だけ?」

「服脱がせるのにもちょうどいいだろ、おまえの気をそらせるのは」

「あ〜ん〜た〜ね〜え〜〜〜〜〜〜〜〜〜!」

うめき声は女の子の喉《のど》から出てくるものとは思えない低音だった。

まるで地獄《じごく》の底から響《ひび》いてくるような。

アークは驚《おどろ》いた。アリスが自分に怒りを向けてくるとは思いもしてなかったのだ。

ダービンたちを撃退すれば感謝《かんしゃ》してもらえるとすら思っていたのである。

ホントに。

「な、何、怒ってるんだよ? 相手が違うだろ!」

「違わないわよっ!」

それが引き金だった。

アリスは身体《からだ》の芯《しん》がぼうっと熱くなるのを感じた。

甘い痛み。魔王の力が目覚めようとしている感覚だ。

裸になるだけでは火はつかない。

爆発《ばくはつ》が。

感情の爆発こそが火をつけるのだ。

「今だ！　今のうちにアリスを捕らえろ！」

ダービンを先頭に、残っていた警官《けいかん》たちがすぐさま飛びかかった。

「きゃあっ！」

背を向けていた大魔王《まおう》を取り押さえたのは一瞬《いっしゅん》だった。

「胸を封じろ」「ここか？」「ここか！」

山のようにのしかかった男どもが、アリスの身体《からだ》を押さえ込んだ。

無数の手が、アリスのいろんなところにかかる。

「ちょっと！　ちょっとあんたたち!!　どこ触ってんのよーっ!!」

「おまえら、それはオレんだぞ！」アークも怒った。


「それも違がーうっ！」


怒りが警官たちをふきとばした。

凄《すさ》まじき霊圧《れいあつ》だ。

魔王を解放しはじめたアリスの肌《はだ》という肌からほとばしる。

輝《かがや》く光は桃色《ももいろ》。憤怒《ふんど》に身を焦がす彼女の肌の色であった。

その霊格の凄《すご》さ、強さに警官の中には気を失う者すら現れた。

そしてアリスはつり上がった目を向けた。

両方に。

「もー、あんたたちときたら雁首並《がんくび》べて、おっぱいおっぱいって、いい年したオトコがそれでいいの!? もうあたし、どっちに向かって怒ったらいいかわかんないじゃない!!」

「ちょっと待て、こいつらと俺《おれ》を一緒にすんなよ」

アークは不満を表明した。

「何が違うのよ!?」

「俺はおまえを守ろうとしてるんだぜ、なんで一緒になるんだよ」

「あたしをおもちゃにしてる点で一緒でしょ!」

アリス的には、より悪かった。

「違う!」

アークは決然と否定した。

「何が違うのよ」

白い目を向けるアリスに、アークは決然と主張した。

「俺のほうが触り方がうまい」

ぷちん。

「は……あはは、あはははは、はは」

鼓膜の奥で、大事なものが切れる音をアリスは聞いた。

脳の奥に甘い痺《しび》れを感じた。

それは尋常ならざるモノが身体《からだ》の奥で目を覚ました合図だった。彼女の中にある『魔《ま》』が首をもたげる前触れだった。『彼』は人ごときに支配されるような存在ではなかった。正義や悪といった概念に縛《しば》られることもなければ、感情に従わされる存在でもなかった。

怒り、悲しみ、虚《むな》しさ、諦《あきら》め――、あらゆる感情を超えた衝動の先に彼は待っていた。

大魔王の真の力が。

「アークうううう!」

彼女は炎を見た。

それはわなわなと震《ふる》える己の手の平であった。怒りに震える乙女の拳《こぶし》であった。

アホが言った。

「だってしょうがないだろ、人類の半分は男なんだぞ」

「**だったら半分は女だ――――っ!**」

なんのためらいもない鉄拳《てっけん》がアークのどてっぱらに命中した。

瞬時《しゅんじ》に音速を突破した彼は、衝撃波《しょうげき》ごと警官《けいかん》たちを吹き飛ばした。

天高く星空に突き抜けたアークは魔王の眠る聖峰を飛び越え、島の反対側にある市街地へと墜落《ついらく》した。公園の一角がまるごと崩落《ほうらく》した。彼は倒れてくる木々の下敷きとなった。

そして、廃墟《はいきょ》の中で悶絶《もんぜつ》する。

「し、死ぬ……」

ばたり。

助けの手がさしのべられることはなかった。

だが、何を後悔することがあるのだろう。

彼は見事なまでに、アリスを守ったのだから。

本望であろう。

♥

「痛《い》ってー」

生きてた。

「死ぬかと思った」

ちゃんと生きてた。

頭をはらうと、ぱらぱらと土が落ちる。

「ったく、ちっとは加減しろよなー」

ものの5分もしてないだろうか。殴りとばされてから。

アークとて無敵の身体《からだ》というわけではない。むしろ魔力を失っているだけ、アリスよりも人間に近かった。無事だったのは木造の屋根がクッションになってくれたことが幸いしたからだ。もし彼のいうとおり、アリスが中途半端にブン殴っていたら山――連中が大事にしている聖峰の岩肌《いわはだ》にでも激突して、今頃《いまごろ》、霊界《アストラルスフィア》に旅立っていたかもしれない。

だから、思い切り殴られてよかったのだ。

「そうかぁ？」

反省をうながす意味でもね。

「つーか、あいつ、敵じゃなくて俺《おれ》に対して怒ってなかったか？？？」

アークは激しく疑問に思う。

罪の自覚はないようだった。

「……ま、あんだけキレたら、俺がいなくても1人でやっつけられるだろうけどな」

ちょっと安心して、アークは立ち上がった。

アリスには一生理解できないかもしれないが、アークはアークでアリスの身を案じている。

彼なりにアリスを大事にし、愛してもいるのだ。

愛情の表現方法が人とちょっと違うだけで。

多少違うだけで。

かなり違うだけで。

まったく違うだけで。

完全に間違ってるだけで。

彼は彼なりにアリスが大好きなのだ。

このことに、間違いはない。

「さて、と……」

アークは唇《くちびる》に指輪を寄せると、そっと名前をつぶやいた。

「ガンバンテイン（Ganbantein）」

それは魔王《まおう》の名だった。

刃物を研ぐような鋭《するど》い音がすると、アークの手前にある空間がさくっと半円に割れた。割れて落ちた空間が不思議な色が入り乱れる空間につながる。

その不思議色をしたラグビーボールぐらいの穴に、アークはためらうことなく手をつっこんだ。そして下着とズボンを取り出す。ついでに靴《くつ》も。

用が済むと、穴は風船がはじけるように四散した。

このようにしてアークは、手ぶらでいながら、ありとあらゆるものを持ち歩けた。

それは彼が（アリスが）支配している27魔王がひとつ、影身《えいしん》魔王ガンバンテインであった。

アークは着替え、

「む……」

なんとはなしにつぶやき、周囲を見回した。

自分は市街地のど真ん中に落ちたようだ。

遠くから、う〜う〜、とサイレンが聞こえてきた。

間違いなく近づいている。こちらに。

「うへ、やばいのは俺《おれ》のほうか」

アークは腕を組むと、これからの展開を想像してみた。

警察《けいさつ》が駆けつける↓犯人は誰《だれ》だ？↓俺じゃない↓おまえだ↓さては魔王《まおう》軍の奇襲《きしゅう》攻撃《こうげき》だな↓違う↓ものどもかかれ↓人の話聞けよ↓どか〜ん↓貴様、本性を現したな！↓この国でもお尋ね者かよ↓追え、追え〜っ！↓アリスごめんよう↓許さん↓ぼこぼこぼこ↓ぎゃあああああ！

なんでかアリスにとどめをさされてしまった。

「…………」

不毛な関係だ、とアークはため息をつく。

（おっぱい触って殴られるんならともかく、おっさんと戦って殴られるんじゃ踏んだり蹴《け》ったりだよな……）とも思う。

「今のうちにさっさとトンズラしよう！」

男らしく、決断した。

するとだ。

絹を切り裂くような悲鳴が聞こえてきた。

「助けて〜〜〜っ！」

アークの胸に飛び込んできたのは女だった。

前方に人がいることに気づかなかったのか、彼女はどん、とアークにぶつかると、抱きつくみたいなかたちで静止した。

「ごめんなさい」

頭ひとつ分背の低い彼女は、アークを見上げた。

ぱっちりと大きな目が、光を吸い込んでキラリと輝《かがや》く。

猫《ねこ》みたいな瞳《ひとみ》をしていた。

唇《くちびる》は色っぽい。

「わけのわかんない人たちが！　私を！」

見ると、服のいたるところがちぎれていた。

元はアラビア風の、裾《すそ》のふんわりとした衣装であったものはびらびらになっていた。足や腕は布で巻いているのに身体《かだら》のほうはというと、ビキニだった。

服みたいなものは着ている。

黒い上着を羽織《はお》ってはいるのだが、あまりに薄《うす》く、ほとんどシースルーに近い布地なので、透視能力で下着をのぞき見ているようにも見えるエッチな姿なのだった。

満月は皓々《こうこう》ときらめき、青白い光で彼女を映し出す。

しなやかな首筋。そしてアリスにも負けじと劣らない胸の丸み、腰のくびれ、まろやかなおしり。降り注ぐ月光が彼女のふくらみをくっきりと描き出した。普通に見ても豊満な体つきがシースルーの上着のせいで陰影を深め、彼女をいっそう妖艶《ようえん》に見せる。

袖《そで》についた黒い染みを見てアークはハッとなる。血なのだろうか。

髪の色は違ったが、ポニーテールであることもアークの同情を呼んだ。

アリスに、似ていたから。

「ついてきな、逃げるぞ」

ところが、彼女は動かなかった。

「どうしたんだよ、来るんだろ、そいつらが」

「怖くて、動けない……」

彼女はぶるぶると震《ふる》えていた。瞳《ひとみ》に恐怖の色が浮かんでいる。アークの背中に回した腕に力を込めた。細い腕なのに、彼女は石のようにアークを抱きしめて離さなかった。

「ってもよお」

ぽん、と彼女の頭をなでながら、アークは困った顔をした。

面倒《めんどう》は避《さ》けたい。

もし、ここで余計な騒動《そうどう》を起こせば、警察《けいさつ》が駆けつける ↓ 犯人は誰《だれ》だ? ↓ 俺《おれ》じゃない ↓ おまえだ ↓ さては魔王軍《まおう》の奇襲攻撃《きしゅうこうげき》だな ↓ 違う ↓ ものどもかかれ ↓ 人の話聞けよ ↓ どかーん ↓ 貴様、本性を現したな! ↓ この国でもお尋ね者かよ ↓ 追え、追えーっ! ↓ アリスごめんよう ↓ 許さん ↓ ぼこぼこぼこ ↓ ぎゃあああああ!

アリスにとどめをさされてしまうのだ。

(早く、移動しねえと)

アークがそう思った矢先、

「待て――――っ!」

追っ手の声が聞こえてきた。

「うへえ……」

呪《のろ》うような声をアークはもらした。

遠くから、がっしゃがっしゃと鎧《よろい》の擦《す》れる音が聞こえる。

町中を鎧姿で走り回れる連中といえば、変態か軍隊ぐらいのものだ。

空を見上げようとした目に、王宮が映った。街の向こうにある小高い丘に白亜の宮殿が見える。ライトアップされて紫色に映える王宮。その王宮と同じ色をした鎧が走ってくる。

純白の鎧、夜光に映えて紫色に染まる鎧。胴に刻印された紋章は王家の紋章。

王都を守護《しゅご》する近衛騎士《このえきし》団たちだった。

数は100人を超えているだろうか。

逃げようにも、彼女はがしっとアークを抱きしめて離さない。

困っているうちに、囲まれてしまった。

「しょうがねえな」

彼女を見捨てるわけにもいかないと思い、アークは無意識のうちに彼女の頭に置いていた右手を唇《くちびる》に寄せた。中指にはエメラルド色の宝石がある。

配下の魔王《まおう》を召喚し、自在に操ることのできる魔石だ。

「またちっと怖い目に遭わせるけど、我慢しろよ」

アークは安心させるように彼女の頭を抱き寄せると、決意を固めた。

するとだ。

彼女はぱっとアークから離れると、すたたたた、と騎士《きし》たちの許《もと》へ駆け込んだ。

くるりと振り向いて、アークを指さして、けろりとした顔で、こう叫んだのだ。

「助けてください！　わたしはあの人に命令されて盗んだだけなんです！」

♥

互いの距離はメートルになおして、100メートルほど。

「なんだそりゃーっ!」

アークは逆上した。

逆上するしかなかった。

「ホントです！　あの人が全部悪いんです」

「まことか？」騎士のリーダーらしき男がフェイスガードを開けて、彼女に尋ねた。

「違うって言ってるだろ！」

「言うこと聞かないと、殺すだの犯すだの食べるだの脅されて……」

彼女は泣いた。

「ううむなんたる卑劣漢！」

騎士は納得した。

「証拠がないだろ、証拠が！」

「あの人の左手を見てください！　私が宝物庫から盗み出した！　宝箱が！」

彼女は指さした。

「あるわけないだろ！」と、アーク。

あった。

「なんでじゃ〰〰〰〰〰〰〰っ！」

彼女がアークの許《もと》から離れるとき、そっと手の平に置いていったのだ。

「ううむ、貴様が黒幕か！」

「そうなんですぅ」

「許せん！」

「お前ら、人の話聞けよ！」

「騎士《きし》さま、ありがとうございますぅ」

泣いた。

「よくも王国の至宝、ファリアス・モールフィースを！」

怒った。

「知るか」

捨てた。

「あーっ！」

王国の宝は無造作に放られて、2回、3回、ボールがはずむように瓦礫《がれき》の上を転がった。

「うぬぬぬぬ」「悪逆非道な輩《やから》め！」「天罰を‼」「許さん！」「許さん許さん！」

彼らは控え目にいっても、人格高潔《こうけつ》な騎士であった。

単純で勇敢な、愛すべき男たちだった。

だから乙女の涙にコロリと騙《だま》されたりもする。

そこんところはさっぴいたとしても、国の至宝がかくも無体に扱われて、むざむざ黙《だま》っていられるほど、彼らの誇りは軽いものではなかった。

「腕の5、6本折ってもかまわん！　取り押さえろ!!」

「うおおおおおおおおおおおおおお！」

怒声も高らかに、騎士たちは突撃《とつげき》を開始した。

その上、彼女はそそくさと、

「足手まといになるといけないので、わたしは下がってまーす」

「おい！　待てよ！」

ごめんねぇ、と彼女は騎士たちの背中ごしにペロリと舌を出し。

「ちょっと待てよ！　逃げんなコラ！」追おうとするアークに、

「逃さんぞ！　神妙にしろ貴様!!」騎士たちが押し寄せる。

彼女の姿は壁《かべ》のように迫る騎士たちの白い鎧《よろい》の影に消えていった。

「だから人の話聞けって言ってるだろ！」

「聞いてやるさ！　牢《ろう》の中でな！」

「ちっきしょー、どいつもコイツもオレの話を無視しやがって！」

アークのこめかみに浮かんだ血管がブチ切れそうに脈打った。

爆発《ばくはつ》寸前だ。

しかしそれは相手も同じだった。

「かかれーっ！」

「来いよ！　とびきりの見せてやるぜ!!」

アークは無意識に右手を唇《くちびる》にやった。そっと指輪に口づけをし、そして唱える。

魔王《まおう》の名を。

「フィーマフェング!!（fimafengr）」

キラリと、天空の一点が輝《かがや》いた。

その直後、騎士《きし》たちの誰《だれ》かが気づいた。

「隊長、こいつ、手配書にあった大魔王アリス一党の、アークって男じゃ……」

遅かった。

ほんの数秒、大気の全体が震《ふる》えるように振動した。

直後、天地をつんざく大音響《おんきょう》と共に、凄《すさ》まじい稲妻が落ちてきたのだ。

ストレートに書けば、ビーム。

アークは配下の魔王のうちの数体を衛星《えいせい》軌道上に封印している。

わずか90分で地球を周回する自由落下状態に置くことで、魔王どもを磔《はりつけ》にしているのだ。

ネックレスのようにつらなる魔王たち。その重力の牢獄《ろうごく》から、王のひとりである雷撃《らいげき》魔王フィーマフェングが、黄金色の怒りをほとばしらせた。

雷光! 着弾! 爆発《ばくはつ》! 轟音《ごうおん》!

たかだか307名の騎士たちを殲滅《せんめつ》するには必要充分以上のエネルギーが炸裂《さくれつ》した。


ズゴゴゴゴゴゴゴゴ……。


「あ～、すっきりした」

瓦礫《がれき》すら跡形もなくなった大地に立って、アークはのびのびと背伸びをした。

半径100メートルほどが見事なまでにクレーターとなっていた。

爆心地《グランド・ゼロ》にいたアークが無事なのは、ちゃっかり別の魔王を呼び出して、バリアを張っていたからである。

「ったく柄《がら》にもないことはするもんじゃないよな。あれだけ言われ放題で我慢なんかできるかっつーの」

すぐさまアリスの激怒する顔が脳裏に浮かんできたが、アークは無視した。

想像のアリスはさらに怒ったが、扉を閉めてバイバイした。

後のことは後のこと、なるようにしかならない、ケセラセラ、なのだ。

お気楽極楽に、こんなことをつぶやく。

「まあ、なんとかなるだろ。……ん?」

見ると、足下に宝箱が落ちていた。

さすがは王家の至宝。爆心地《ばくしん》にあってもケースは傷ひとつ付いていない。

拾い上げると、さっきの出来事が脳裏に蘇《よみがえ》った。

「コイツのせいで、ひっどい目に遭ったんだよな……」

わけのわからん女。猫《ねこ》のような目、色っぽい唇《くちびる》から漏れる声。

その声が、した。

「いやー、すごいねアンタ！」

1人だけ戦場からトンズラをこいていた彼女が、ぱちぱちと拍手をしながら戻ってきたのだ。

「まったく許せないよねえ、罪もないアンタを捕まえようだなんて」

思わずアークは叫んだ。

「オレを犯罪者にしたてたのは誰《だれ》だよ⁉」

♥

あっはっはー、と彼女は一笑した。

「ちょっとした行き違いってヤツね」

「どこがだ!?」

「だってアンタが勝つとは思わなかったんだもん。アンタが勝った以上、あたいはアンタの側に付く。これ、ギャルの鉄則、乙女のポリシー」

「………」

「どしたの？　あたいがあまりにも美人で感動しちゃった？」

「あと90分ほど待てば、もう一回フィーマフェングが上空に来るから、もう1人ほど余分に始末してえなあ、と思ってさ」

彼女はきょろきょろと周囲を見渡して、自分たち以外に誰《だれ》もいないことを知ると、一言。

「自殺したいの？」

「だーっ！　お前だ、お前！」

言われたところで彼女はどこ吹く風で、あはははは、と笑った。

「あたいはルビィ。よろしくね」

「じゃあな」

「ひっどーい！」

ルビィは子供みたいにぷうと頰《ほお》を膨《ふく》らました。

美人かどうかと言われれば、彼女は充分美人だろう。まなざしには力があり、肉付きのよい唇には色気がある。おしゃれに気を遣っている様子《ようす》はなかったが、素材だけで人を引きつける魅力《みりょく》があった。

つまり、人の評価は見た目では決まらないということだ。

「で、いつになったら謝罪《しゃざい》の言葉が聞けるわけ？」

「え、何？　あたいに謝《あやま》りたいの？　やだなー、気にしないよう」

性格とかね。

「……はいはい、俺《おれ》の気もすっかり済んだよ。さっさと旅立ちな、どこにでも」

「ちょっと待ってよ、あたいが預けた箱、返してよ」

「いつからお前ん中じゃ『罠《わな》に掛けた』ことが『預けた』ことにすり替わってるんだ！」

「まあまあ、ちょっとした解釈変更じゃない。そのほうが気持ちよくつきあえるでしょ」

「おまえ**だけ**がな」

「だから待ってよ、箱返してって」

「じゃあな」

ルビイは叫んだ。

「**ドロボーっ！**」

（殲滅《せんめつ》する相手を間違えた……）

アークは己の愚かさを悔いた。

♥

とりあえず、逃げることにした。

「何？　真夜中のデート？」

「ええい、お前はどっか行け！」

敵から逃げたいのか、この女から逃げたいのか、アークはどっちかわからなくなっていた。

脱出は簡単だった。騎士《きし》たちは全滅、停電区域は広がり、時間は夜。突然の爆発《ばくはつ》に野次馬《やじうま》が集まりだし、現場は騒然《そうぜん》。あとは人の流れを縫《ぬ》うように走るだけでよかった。街のそこかしこには警官《けいかん》や兵士たちが出動していたが、路地はどこも外に飛び出した住人でいっぱいだったので見とがめられることもなかった。

街の外へ出たところで、

「ほら、くれてやるから、どっか行け、どこでも」

うざったげにそう言って、アークは問題の箱をルビィに放り投げた。

聖峰へとつながる道のとば口には、2人の他《ほか》に人影もなく、街の喧噪《けんそう》はもう遠い。寄せては返す波の音のほうが近く、響《ひび》いてくる。

ルビィは尋ねた。

「これが何なのか、気にならない？」

「指輪が入ってんだろ」

「あらま、なんで知ってるの」

「なーんだ、あたしのしたこと間違ってなかったんだ。謝《あやま》って損した」

「俺《おれ》が犯人だって疑われたんだよ！　しかも、おまえいつ謝った⁉　いつどこで謝った⁉」

「違うだろ！　しかも、おまえいつ謝った⁉　いつどこで謝った⁉」

……フィーマフェングが戻ってくるまで、あと70分。

♥

確かに、相性というものはあるのだろう。

さっきから突き放すチャンスは何度となくあったはずなのに、実際突き放したのに、気付いてみると彼女のペースにハマっているのだ。

普段《ふだん》、一方的に他人を振り回しているアークにしてみれば予想外の展開だった。

そもそも、他人に対してボケを飛ばせなくなってることが普通ではなかった。

月をうっかり吹き飛ばしたところで「冗談、冗談」の一言で済ましかねないアークがだ。

アリスみたいに眉《まゆ》をVの字に逆立てて、彼女に詰め寄っているのである。

「つーか、おまえ、あんな指輪盗み出してどーすんだよ！」

「使うの」

「あれは魔王《まおう》を操る指輪だぞ！」

「わかってるよ」

「おまえ人間だろ？」

「いちおう」

「魔王復活させてどーするんだよ!?」

「下僕にする」

「世界征服でも企《たくら》むつもりか!?」

「うん」

「ああ、なるほどな。だったら筋は通ってる……、ってオ〜〜〜イっ！」

もう立派なつっこみ役だった。

「さっすがアーク。元大魔王とはいえ、理解あるぅ」

「違うわ！　おまえアホか！　指輪したら誰《だれ》だって魔王《インカーネイター》使いになれるもんじゃないんだぞ！」

「アリスは《魔王の心臓》があるから指輪をしなくてもいいんだよね」

「よく知ってるな」

「まあ、あたいは《世界を破壊《はかい》する者》だから」

「誰《だれ》がだ？」

「あたいが」

「……つまり、お前は馬鹿《ばか》の出身だと」

「どういう意味よ！」

「まともなヤツが《世界を破壊《はかい》する者》とか、れっきとした固有名詞があるみたいな言い方するか！」

「だって、有名になりたいんだもん」

「はぁ？」

アークは、目が点になった。

「あたいは、世界中の隅から隅までぜーんぶの人が知るぐらい名を轟《とどろ》かせたいの！」

「おまえのアホを知らしめるためにか？」

「違う～！　あたいはしなきゃいけないことがあるの！」

ルビィは真剣な顔で言った。

これまでとは正反対の真摯《しんし》さに、アークも彼女を馬鹿にした態度をちょっとだけやめた。

「なんだよ、したいことって？」

「あたいはどうしても逢《あ》いたい人がいるんだ」

「誰《だれ》？」

「家族」

「離ればなれなのか？」

「どこにいるか、いま生きてるかどうかもわかんない」

そう言って、ルビィは目を伏せた。

それでも悲しい顔にしたくないのか、顔を上げ、強いて笑みを見せた。

「てっとりばやく名を上げるには、こういうのが一番でしょ？」

「なるほどな」アークはうなずいた。

「わかってくれた？」

「わかるか〜っ！　俺《おれ》たちゃ伝言板じゃねえんだよ！　迷子は警察《けいさつ》に行け！　警察に！」

「警察が頼りないから、自力で捜し出そうとしてるんじゃない！」

「なにが自力だ！　魔王《まおう》復活する気でいて!!」

アリスがいたら『アンタが人のことを言えるの？』と言いがかりを付けたくなるような台詞《せりふ》だったが、アークはアークで自分のことは簡単に棚《たな》に上げてしまえる性格だった。

「ちょっとは同情してよ！『母を訪ねて海底2万海里《マイル》』とか読んだことないの？　あたしはマルコよ！　お母さ〜〜〜〜〜ん！」

「自分から同情しろって迫るマルコがどこにいるんだよ！」

「一度決めたことは断固としてやりぬきなさいって、先生に言われなかった？」

「善悪の判断をしろよ!!」

お前が言うな。

「とにかく、てっとりばやくあたいが願いを叶《かな》えるためには、この島には沈んでもらうしかないのよ」

「この島に、父親と母親がいたらどーするんだよ」

「…………」

「…………」

「…………どうしよう」

「どうしようもへったくれもないだろ！」

「うーん、うーん」

ルビィは悩んだ。思考の流れをしめすとこんな感じである。

名前を売るには悪いことをするしかない　↓　悪いことといえば魔王軍に荷担　↓　破壊《はかい》する町に両親がいるかもしれない　↓　悪いことはできない　↓　再会できない。

「……悩むぐらいなら、まっとうな方法で捜したらいいんじゃないか？」

「とりあえず、いないと考えましょう。うん、そう決めた」

「……いいのかよ」

「しょうがないわ！」

「だから、何がしょうがないんだよ!?」

彼女がそうもきっぱりと『仕方がない』と言い切る理由をアークが知ったのは、あとのことである。

だから今はまだ、彼女のことはただのアホとしか思えない。

「そうよ！　社会の授業でも、歴史に名を残してる人はみんな世界征服を目指してたし」

「……そりゃ目指してたろうけどなぁ」

もうどうでもいい、という顔をするアーク。

耳の穴をほじって、爪《つめ》についた垢《あか》を吹いて飛ばしたり。

「ねえ、アーク」

にぱっ、と笑顔を浮かべたルビィが言った。

「あたいと手を組まない？」

「だから人の話を聞けって言っとろーがぁぁ――――――っ！」

耐えきれず、アークは声を張り上げた。

しかしルビィはどこ吹く風といった感じで、自分の話をする。

「その右手にしてる指輪、この箱に入ってるヤツと同種なんでしょ？　魔王《まおう》を操れる指輪。だったらこの箱の封印解く手間も省けるし」

手にした箱をうざったげに振ってみせた。

「……つまりお前は宮殿の宝物庫に秘蔵されているような秘宝が何の封印もされてなくて、盗みだしさえすればお菓子の箱みたいにパカッと開くとでも思っていたわけだな。軽々しく思っていたわけだな。愚かしくも。何の考えもなく。浅はかなことを」

「びみょ～、にトゲ入ってない？　発言に」

「ああ、よかった。初めてお前と会話ができた気がする」

「じゃ、あたいたちニューコンビ結成ね♪」

「だから、どういう話の流れでそうなるんだよ!?」

声が裏返った。それぐらい疲れていた。

「……って俺《おれ》、なんですぐにコイツのペースにハマるんだ？」

アークほどの無神経男でも、自分のリズムが狂うのは気持ちが悪いらしい。

「そりゃあ、相性がぴったんこってことだよ～」

ぴとっと、ルビィは身体《からだ》を寄せる。

「違うわ！」振り払う。

「違うの？」

「知らん。あばよ、お前とはここでおさらばだ。二度と会わん。じゃあな」

「もう、照れちゃって。アークったら素直じゃないんだからぁ」

「誰《どわあれ》が照れとるか～～っ！」↑もうハマってる。

ぜぃぜぃぜぃ。

力の限り声を荒げたアークは、肩で息をした。

そして、ずううう～ん、と落ち込む。

「俺《おれ》って……、俺って……、どうしちまったんだ？」

じっと手の平を見る。わなわなと見つめる。

人をおちょくることを何よりの楽しみにしていた彼にとって、相手から一方的におちょくられるという展開は、何よりの屈辱らしかった。

ぽんぽん、とルビィが背中を叩《たた》いた。

「悩んでることがあるなら、あたいに言いなよ。力になるからさ」

「お前のせいだよ！　お前の！　お前といると調子狂うんだよ!!」

「じきに慣れるよ！」

「慣れたくね～っ!!」

さっきから自分はどこかに行こうとしていて、それは誰《だれ》かから逃れるためで、彼らは今にも自分たちへの追撃《ついげき》を開始していて、こんなとこで油を売ってる時間はマイクロ秒ほども残っていないのにもかかわらず、疲労と混乱の螺旋《らせん》階段でアークは何がなんだかさっぱりわからなくなってきた。

そうなのだ。

さっきから10ページ、話が進んでいない。

にもかかわらず、彼女は一方的に、

「だって！　この箱開かないんだもん！　ぶー」

ふくれていた。

「だっ、かっ、らっ、アークがあたいの野望に巻き込まれてくれるとうれしいんだけどなっ」

「語尾を上げたからってどうにもならん！」

「巻き添えになってよう、あたいの覇道《はどう》の生け贄《にえ》になってよう」

「だんだん扱いがひどくなってないか？」

「あたいのために死んで！」

「断るっ！」

「えーん、アークがつれないよう～」

ルビイは泣いた。もちろん泣き真似《まね》だが。

「あー、フィーマフェングはやく戻ってこねえかなー」

タンタン、と足を鳴らしながら、アークはやさぐれた声をあげた。

「ねー、ちゃんと役に立つからさぁ」

ぷい、と横を向いて、アークは相手にしない。

「仲間でもいいよう」

アークは返事をしない。

「わかった！　裸にならないと弟子にはしてくれないのね!!」

「勝手にわかるなよ！　しかも弟子って何だ、弟子って!?」

「わーい、相手してくれたあ」

「しまった……」

どすーーーん、とアークの心にずっしりと敗北の重石が落ちてきた。

ホントに、彼女といると本当に思いのままにもてあそばれてしまう。

「アリスに負けないよう、頑張りまーす」

「何を頑張るんだよ、何を」

「おっぱい、大きくするよ」

ぺろん、と上着を脱いで、出てきたものは。

「うあ」

アークも驚《おどろ》いてしまうほどのおっぱいだった。

下着をつけていることがどうでもよくなるほど、大胆な胸だった。

「実は大魔王《まおう》アリスのこと知ってさ、胸が大きくなったら大魔王になれるのかなーって頑張ったんだ。牛乳飲んだり、トレーニングしたり」

「……お前って、ほんっとーにアホなんだな」

「なんで？」

首を傾《かし》げるルビィに、アークが深いため息をついた。

「はぁ〜っ」

「……まだ下着も脱がなきゃダメかな？」ルビィは聞いてきた。

「違ぁーうっ！」

「お母さん……、あたいはいけない子です。夢を叶《かな》えるために純潔《じゅんけつ》を捨てます」

涙ぐんだり。

「脱ぐな！」

「大丈夫だよ、キレイだもん」

「何がだ!?」

涙ぐみながらも笑っているルビィの顔は状況を楽しんでいる様子《ようす》すらある。

まるでいいおもちゃを見つけて喜んでいる子供のような。

「じゃあ、弟子にしてくれなかったら脱ぐ。これでどう!?」

「そんな脅迫があるか!」

迫るルビィを振り払おうと、アークがとっさに手を動かしたとき、それは起こった。

「あ」

弾みでブラジャーが取れ、華麗《かれい》な胸《むね》があらわになったのだ。

倒れ込む2人。アークが上、ルビィが下。

アークの眼前に広がる、豊かな豊かな……。

「いやん♪」

「イヤなら隠せよ!」

そこへ、

「ごめんなさぁい、お楽しみのところを……」

からむような声が、アークの鼓膜をちくりと突き刺した。

蛇《へび》のように相手を絞めつけるような、くびり殺すような、殺意の声。

「げっ」

振り向いてアークは絶句した。

「ずいぶんといいことしてるじゃない」

「いや、これは」

ぬらり、と夜の闇《やみ》から現れたのは、アリスだった。

あれから慌ててアークを追ったのだろう、ワンピースは後ろ前で、しかもプリントが裏地。

リボンで結んだポニーテールの位置もおかしく、チャックは閉まりきっていなかった。

誰《だれ》でも笑い出したくなる格好ではあるのだが、島の反対側からここまで逃げてくる間に一悶《もん》
着《ちゃく》も二悶着もあったのだろう、すべったり転んだりしてできた傷も見えた。

つまり、よれよれのへろへろだった。

そんな思いをして、アークと合流しようとしていたのに……。

くらっ、とアリスは軽いめまいを覚えた。

じわり、と目のふちに涙が浮かび、めらめらと怒りが沸き起こってくる。

拳《こぶし》のあたりに。

周囲の空気が震《ふる》えだす。大地が揺れ始める。アークの顔が青ざめだす。

「いや……、だから……、これには……」

「……話を聞く前に、肩慣らししていい？」

表情が絶対零度のアリスに、ぷるぷる、とアークは首を振った。

だが、

「人が追われてるのに、何やってんだアンタは〰〰っ！」

「ぎゃああああああああああ!」

結局、アークを殴り飛ばすのはアリスなのだった。

♥

「もーっ、アークの頭の中にはおっぱいのことしかないの!?」

「だから誤解だって。会ったばっかりのヤツなんだって」

「おっぱいおっぱい言ってるから、おっぱいが寄ってくるのよ」

「なんだかあたい妖怪《ようかい》みたいだね……」

ぽつりとつぶやくルビィ。

するとアリスが振り向いて、

「あなたもこんな淫獣《いんじゅう》に、そんな……(ごくり、と唾《つば》をのむ音)、そんなもの見せちゃダメ」

つまり、ルビィの胸はアリスもどきどきするような代物《しろもの》だった。

大きいというより、なまめかしいのだ。カタチといい、肌《はだ》のつやといい。

「いいじゃない。あたいのだもん」

ルビィはムッとした。他人にあれこれ言われると逆らいたくなるのだ。

するとアリスもムキになる。

「ダメったら、ダメなの！」

「あーあ、アークもかわいそう。あたいならこんな不自由な目には遭わせないのに」

ルビィは倒れているアークを抱きかかえた。

「あ～～～～～～～～～～っ！」

アリスが悲鳴をあげた。

アークの頬《ほお》に、むにゅっと触れているのだ。

ルビィの華麗《かれい》なるおっぱいが。

アークが意識を取り戻したところで、ルビィは聞く。

「アークも考え直しなよ。あたいなら胸見られたぐらいで殴ったりしないよ、絶対」

「あたしだって好きで殴ってるわけじゃない！」

「あたいは触られても平気だよ。好きな人に触られると気持ちいいって言うしさ」

「……どういう意味？」

アリスが、尋ねた。

「言葉通りの意味だけど？」

「よ、よくわかんないんだけど……」

尋ねかえすアリスの声は動揺しているのか、震《ふる》えている。

ルビィは堂々と、

「そんなにアークのことが嫌いなら、代わってよ、パートナー」

「な……」

アリスは言葉につまった。

なんと答えてよいのか、返答に窮《きゅう》してしまったのだ。

ルビィは真剣な顔をしていた。

挑むように立ち上がって、もう一度言う。

「代わってよ」

「あなたはアークのことが、す……好きなの?」

言いかけて、アリスはもじもじした。

たとえ人のことでも、好きという言葉を口にするのに勇気が必要な女の子なのだ。

ルビィはあっさりと。

「好きだけど」

胸を張って言う。

でん、と盛り上がった、爆発《ばくはつ》寸前のバストを。

「そんな、初めて会ったばっかりで、好きだなんて……」

「よくある話じゃない」

「あたしが言うのもなんだけど、アークは変態よ」

「強い男が好きだから」

「ヤバイ武器持ってるだけじゃないの」

「あたい、足し算で人を評価するんだ」

そう言って、ルビィはアークを抱きしめた。

自分のものだと言わんばかりにぎゅーっと。

「ねーっ、あたいたち、出会ったばっかりなのに息もぴったりだもんねー」

「どこがじゃ！」

「こういうのって、互いの小指と小指が赤い納豆糸で結ばれてるって言うんだよねーっ」

「言わん！　ていうか納豆糸ってなんだよ！　しかも赤い！」

息をつかせぬ会話のラリーに、アリスは驚《おどろ》いた。

「え〜〜〜〜〜〜〜っ！」

心の音に直すと、がーん。

アークとルビィのやりとりにアリスはショックを受けた。

たしかに彼女の言う通り、息もぴったりだ。

しかも、つっこみ。

まるだしバカ、天然濃縮《のうしゅく》アホ120％、大ボケ街道一直線のアークが、こともあろうか、つっこみをしているのだ。

がががががががーん。（↑　さっきの4倍ショックを受けているのです）

「そ、そんな……アークより、アホな子がいるなんて……」

アリスは腰砕けになり、がっくりと膝《ひざ》をついた。

「ふふ、勝負あったわね」

立ち上がったルビィが鼻も高く、アリスを見下ろした。

「今のは傷つくとこだと思うんだが……」と、アーク。

「なーに言ってんの、そこを誇ってみせるのがいいんじゃない」

「アホってことをか？」

「そーよっ！　アホはアホでもただのアホじゃない。そんじょそこらにいるアホと一緒にされたら困る。すなわち最強のアホ。世界一のアホになればいいのよ。金メダルね」

「なるほど～！」

膝を打つアークに、ルビィはありもしないメガネのズレを直して、

「つまり、アホリンピックね」

きらーん☆　とありもしないメガネが輝《かがや》いたり。

「……そんなのどこで開催してんのよ」と、アリスは呆《あき》れる。

するとアークが、

「何言ってんだアリス、自分たちで開いて、自分たちにメダルをやればいいんじゃないか」

「誰《だれ》もくれないしね～♪」と、ルビイ。

「そのとーり」

「わっはっは」「あっはっはっは」

恥じることのない２人の笑いが夜空にこだました。

そんな２人を見て、

「…………………………あたしの負けだわ」

アリスは敗北を確信した。

底なし沼のような２人の世界には入っていけなかったからだ。

「わーっはっはっはっは！」「あーっはっはっはっは！」

打ちのめされた彼女の鼓膜に、バカどもの笑い声がこだました。

そんなアリスを見て、ルビイが一言。

「というわけで、アークは貰《もら》ってくわね」

「ちょっと待て、それとこれとは話が別だ」と、アーク。

「なんでよ、アークだってアリスの許可が出れば、あたしの世界征服手伝ってくれるって言ったじゃない」

「いつ言った!?」

「あたしの妄想記憶《きおく》の中で」

「そんなの知るかーっ！」

「うえええええーん、人のおっぱい見といて責任とってくれないよ〜〜っ」

「お前、少しは話題をつなげようとしろよ！」

そう言って、アークは着ていたジャケットを脱いで放った。

「着ろ！　ただでさえ話がややこしくなる」

「愛のプレゼントね」

「違うわ！」

そう言って、ルビィはアークのジャケットを羽織《はお》ってみたものの……。

おみやげでぱんぱんになった帰りの旅行カバンみたいに、積載《せきさい》許容量を超えたジャケットはぴっちぴちに膨《ふく》らんでいて、余計にいやらしい感じになってしまった。

谷間も強調されてるし……。

「うーむ、これはこれで……」

「結局、それが見たかっただけかーっ！」

すぱーん、とアリスの平手打ちがアークの頭上から下へ叩《たた》き抜かれた。

「やだやだ、女のジエラシーはみっともないなあ」と、アークの肩越しにルビィが言う。

「だっ、誰《だれ》がジエラシーよ！」

「じゃああなたもジャケット着てみる？」

「えっ」

「まあ、あなたのサイズじゃ、ちょっと無理かもしれないけど」

ほっほっほっ、と小指を立てて笑ってみたり。

「〰〰〰っ！」

なんでそんな勝負しなくちゃいけないのよ！　とアリスは反論するつもりでいたのだが、女のプライドにかかわる場所をダイレクトに攻撃《こうげき》されたダメージで、反撃回路はオーバーヒートしてしまった。

ルビィは勝利を確信した。

「無駄な抵抗だったようね。さ、アーク、行こ」

「だからちょっと待てよ！」

ルビィがつかもうとした手を、アークは払った。

「俺《おれ》のことは俺が決める。俺はお前とは行かない。それだけだ」

ルビィはきょとんとした。

「なんで？　あたいのほうが大きいのになんで？」

「胸の大きさなんか関係ない。そんなことでアリスを選んでるわけじゃない」

（えっ？）アリスはどきっとした。

アークがそんなことを言い出すとは思わなかったからだ。

「じゃあなんで？　何が大事なの？　何であたいは負けてるの？」

肩をすくめたアークは、女の子2人を前に諭《さと》すような口調になった。

「そもそもおまえら、胸がでかいとか小さいとか、つまんないことにこだわりすぎなんだよ。

だいたいアリス」

「何？」

「おまえの胸がでかくなかったころ、一度でもオレがそれをバカにしたことあったか？」

（そういえば……）言われてみて、アリスは気付いた。

昔からアークは変わらなかったことに。

胸が大きくなろうとどうなろうと、大魔王《まおう》になってしまってもなる前も。

同じように接してくれたことに。

「アーク……」

どうしてか、胸が高鳴る。

どきどきどきと、さっきまでの虚《むな》しさが嘘《うそ》のように心の中に甘い思いが流れ込んでくる。

満たされてゆく。

「女の子に一番大事なのはなぁ、胸がでかいとかそういうことじゃなくてだなぁ……」

アリスは次の台詞《せりふ》を待った。

アークはほんの一呼吸を入れただけなのだが、アリスにはそれが1分にも1時間にも匹敵するほどの沈黙に思えた。

なぜならそれが一番聞きたかった言葉だから。アークの口から聞きたかった言葉だから。

そして、はっきりとアークは断言した。

「おっぱいの柔らかさだ」と。

ぷちん。

「はは……あははは……あはははははは」

こめかみあたりにある大事な糸が切れた途端《とたん》、アリスは脳天から突き抜けるような奇声を上げた。手がわなわなとわなわなと節足動物のようにうごめきはじめた。

しかしアークはそれにまったく気付いた様子《ようす》もなく、

「まあ、ここは人それぞれだと思うんだが、ばばーんと突撃《とつげき》態勢にあるおっぱいより、ぽよーんとした感じの柔らかいおっぱいのほうが、俺《おれ》は好きなんだな」

「えええーっ、そんなのすぐに柔らかくできないよぅ」

「だから俺の好みだって言ったろ、お前みたいなのが好みの奴だってたくさんいるさ。つまりっ、俺はアリスが一番好きってことなのさー♪　な、アリス、俺の気持ちわかったろ」

「ほめてくれてありがとお〜〜っ!」

成層圏に達するほどのアッパーが、アークの顎《あご》にヒットした。

「はぎゃあああああああああああああああああああああっ！」

きらりと輝《かがや》いて、空に消える。

まあ、それでも死ぬことはないだろう。

「わかるわけないでしょ！」

アリスは涙目だった。

「もーイヤっ、なんでこんなヤツにどきどきしたりしないといけないの、あたしはっ！」

アリスは気付いた。

昔からアークは変わらなかったことに。

胸が大きくなろうとどうなろうと、大魔王《まおう》になってしまってもなる前も。

同じようにスケベだった。

♥

「わかった！」

ルビィは手を叩《たた》いた。

「パートナーの座はアリスに譲《ゆず》る。その代わり、2人ともあたいの部下になって！」

「なんでそうなるんだよっ!?」

成層圏から戻ってきたアーク。

彼が最初に口にした台詞《せりふ》は、またもやつっこみだった。

「だって、この箱が開かないんだもん。このまま追っ手が来たら捕まっちゃうよ〜」

そんなことを言っていると、

「そこの3人、動くなーっ！」

武装した男たちが至る所からわらわらと現れた！

「来た〜〜〜〜〜〜〜〜〜〜〜っ！」

南側からは警官隊《けいかんたい》が、北側からは軍の騎士《きし》たちが、わらわらとわらわらと現れたのだ。

「こうなったら反撃《はんげき》よ！　アーク！　アリス！」

ルビィは振り向いた。

「いない！」

2人は島の中央、つまり西に向かってぴゅーっと逃げ出していた。

「ちょっと！　あんたたち魔王なんでしょ！　人類の敵らしく戦いなさいよ!!」

返事はなかった。

「こらーっ！　あたいを置いてくなーっ！」

追いかけた。

そしてねだる。

「ねーっ、アーク、さっきのアレ、もう1回落としてよぅ」

凄《すさ》まじいスピードで地球を周回しているフィーマフェングのことだ。

「頼まれなくても、次は必ず、お前の上に落としてやるよ！」

「あっちだってば！」

「……ホントにお前には皮肉が通じないな」

「もういいわよ、アークには頼まない！」

ぷい、とルビィはそっぽを向いた。

そんでアリスにすがった。

「ねーっ。**口から毒ガスとか吐いてよお〜っ**」

「誰《だれ》が、いつ、そんなもん吐いた〜っ!?」

「アリス、立ち止まってる場合じゃないぞ！」

3人の進行方向からも兵士たちが現れたのだ。これで西南北逃げ道なし。

彼らは残る東を見た。

そこにあるのは断崖《だんがい》の絶壁《ぜっぺき》。その先は波頭砕ける海。

アークたちは四方から追いつめられたカタチとなった。

なのにルビィは子供みたいに人差し指を立てて、

「ほら見なさい、ほら見なさい、あたしの言った通りの展開になったでしょ」

「おまえが邪魔《じゃま》しなけりゃ逃げられたよ！」

「あーっ、この箱さえ開けば〜っ！」

「だから話をつなげようとしろよ！」

ルビィはやけくそ気味に宝石箱をいじり始めた。

「無理だっての、その手のアイテムは魔法《まほう》で封印がされてるんだ。魔王を眠らせてるようなアイテムが力まかせに開くわけが……」

「あ、開いた」

「なに——————っ!?」

「フタ、逆に回したら簡単に開いちゃった。あはは」

「………………」

中から出てきたのがホントに本物の《統べる者の指輪》だったので、アークは呆《あき》れた。

本当に呆れ果てた。

「この国はホントに魔王を鎮《しず》める気があんのかよ……」

いっぽうルビィは指輪を取り出した。アークの手を見て、同じように右手の中指にはめた。

よっ、はっ、と腕を振り回したり突き出したりしながら、反応を待ったが、何事も起こらない。

それで困った顔をしてアークを見つめた。

「ねぇ、アーク。魔王を呼び出すのはこっからどうすればいいの？」

「知らずに盗んだのかよ……」

「取扱説明書とか入ってると思って」

「使っちゃいけないアイテムになんで取説が添付されてるんだよ……」

「そうなの？　不親切ねえ」

「なまはんかな精神力では使えないようになってるんだよ」

「なんで？」

「魔王《まおう》に魂を吸い取られちまうんだよ。そしたらせっかくの封印が解けて、魔王を自由にしちまうだろ」

「えーっ、自由になっちゃうの!?」

「本来、魔王はこんな代物《しろもの》で制御できるような代物じゃないんだよ。俺《おれ》だって使えるのは一瞬《いっしゅん》だけだ。アリスだって覚醒《かくせい》状態にないときは魔王を召喚できないだろ」

「そうなんだぁ」

「だからさっさと諦《あきら》めな。ここは俺がなんとかしてやるからさ」

警戒《けいかい》しながらも徐々に包囲を狭めていく王国軍を前に、アークは構えのようなポーズを取った。指輪をしている拳《こぶし》に力を込める。すっと唇《くちびる》を引き締《し》める。頭の中で戦いのシナリオを組み立てているのだ。

ところが、

「つまり、短い間なら使えるのね」ルビィが言った。

「すぐそこの山に魔王が眠ってるんでしょ、起こしてくるよ」

「おい」

「お前！　俺の話聞いてなかったのかよ！」

「人間でもほんの短い間なら魔王を操れるんでしょ？」

「どうしてそういう風に考えられるんだ……」

今にも飛び出しそうな勢いのルビィ。その顔に恐怖や不安の色はみじんもない。

「どうやって、あの山までたどりつくつもりよ」

呆《あき》れた顔でアリスがつぶやいた。

彼女も、だんだんとルビィというものがわかってきた。

アークが主張していた通り、彼女はあらゆる意味で一方的なのだろう。

目の前には、二層、三層に陣を厚くした敵兵が迫っている。数にして千を超えていた。

その上、自分たちとは指呼の間まで近づいたというのに攻撃《こうげき》命令を出さないのだから、かなりの警戒と用心をしているわけだ。

こちらの攻撃を待っているのかもしれない。何かの罠《わな》を仕掛けておいて。

「うう～ん」

アリスは苦みばしった顔をした。

こうなると自分たちの取れる手はひとつしかない。

嫌《いや》な嫌な必殺技だ。

なのに、

（こうなったらしょうがないか……）

そう思える自分が不思議だった。

いつもなら、どんな状況だろうと「絶対ＮＯ！」なのに。

（どうしてだろ？）

それがルビィに対する対抗心だとは、アリスはわかっていない。

しかし無意識のうちに張り合っているから、彼女への口調も挑発的にもなってしまうのだ。

「目の前の敵を突破できるほど強かったら、魔王《まおう》を呼び出す必要なんかないんじゃない？」

「こんなの、強くなくたって突破できるよ」

あっさりと言われたので、アリスはびっくりした。

「突破できるって、どうやって」

「こうやって」

ルビィは2人から離れると、すたたたた、と敵陣に駆け込んだ。

アークは嫌な予感がした。

彼女はくるりと振り向いて、アークを指さして、けろりとした顔で、こう叫ぶのだ。

「助けてください！　指輪はあの人たちが持ってるんです～～～っ！」

もちろんアークの手に宝箱を置いておくことはしっかり忘れなかった。

♥

ルビィはもちろん自分の《統べる者の指輪》を外して隠している。

そして哀《あわ》れな娘を装い、

「アイツらに脅されて……」

「てめーっ！」

「足手まといになるといけないので、わたしは下がってまーす」

こんな時だけ『わたし』である。

「ごめんねぇ」

ルビィは騎士《きし》たちの背中ごしにペロリと舌を出した。

「またそのパターンかよ！」

「突撃《とつげき》イイイイ――――ッ！」

彼女の姿は津波のように押し寄せる騎士《きし》たちの白い鎧《よろい》の影に消えていった。

「ちっきしょー、こうなったらこっちも！」

ぺろーん、とアリスが脱がされた。

「だからなんであたしにしわ寄せが来るのよ!?」

「しょうがないだろ。今度こそおっぱいビームだ!」

カチン。

アリスの中にある魔王覚醒《まおうかくせい》のスイッチがＯＮされた。

魔力顕現《けんげん》! 霊格解放《れいかく》! 鉄拳《てっけん》発動!

「アンタも結局同じパターンでしょ〜が〜〜〜〜〜〜〜〜〜〜ッ!」

「おまえも結局同じパターンだぁぁぁぁ〜〜〜〜〜〜〜〜〜〜ッ!」

桃色《ももいろ》の魔力光とともにアークはブッ飛ばされた。

そして敵兵が巻き込まれるというパターンもまた、同じだった。

「もう、なんでこうなるのよ!」

だが、今度は戦力差が段違いであった。

しかも一方向を殲滅《せんめつ》したところで、残り二方からの敵が果敢なる突撃《とつげき》をかけてくる。警官隊《けいかん》はすでに後衛《こうえい》に下がり、楯《たて》と鎧《よろい》に身をつつんだ白い騎士たちが掲げた槍《やり》を水平にかまえ、一滴の漏れもない密度で、一斉にかかってくるのだ。

こうなると、アリスもなりふりかまっていられなくなった。

「クルーウアッハ(Cruach)!」

この世でない場所に向かって、彼女は叫んだ。

彼女の後方、手を伸ばせば届くほどのあたりに光の亀裂《きれつ》が走った。

それは闇《やみ》の世界の光ではない。ふたつの世界がつながることで生じる残光だ。

亀裂から、黒色の龍《りゅう》が出現した。

放出される魔力が大気と摩擦《まさつ》して黄金色に瞬《またた》く。光の粉をバラまくように、きらきらと輝《かがや》く。

大地をパワーソースに持つクルーウァッハの魔力は金色だ。

龍はアリスの周囲をぐるりと旋回《せんかい》すると、彼女の右腕に収まった。

鉄拳魔王クルーウァッハが起動したのだ。

「こうなったら覚悟しなさい！」

魔王を召喚し、自在に操る者を魔王使い《インカーネイター》と呼んだ。

だが彼らは無敵の存在ではない。

魔王の使役には致命的な危険を伴った。封印によって押さえつけられてはいるものの、魔王の魂は永遠不滅であり、轡《くつわ》をかまされながらも反逆の牙《きば》を眈々《たんたん》と研いでいる。ゆえに術者の精神がほんのわずかの隙《すき》を作れば、魔王はたちまちその者の魂を喰《く》らい、己を解き放つのだ。

ゆえに魔王使い《インカーネイター》が魔王を呼び出す時間は、きわめて限定された。

魔王のほとんどが魔王兵器《フォービドン》と呼ばれる武具という檻《おり》を通して呼び出されるのも、己が奴隷《どれい》であるはずの魔王を、魔王使い《インカーネイター》たちが畏《おそ》れるがゆえであった。

実例を挙げよう。

アークがフィーマフェングを封印である天空の鎖から解き放つのは、光線照射の数秒のみであり、勇者ウィルが白光の魔王《まおう》剣クラウ・ソラス（Claimh Solais）を黒い鞘《さや》から抜きはなっている時間も1分を超えない。

それに対し、覚醒《かくせい》状態のアリスがクルーウァアッハを連続使用していられる時間はなんと、666分。

己が胸に《魔王の心臓》を秘めているがゆえであった。

「いくわよ！」

対して、アリスの前にひときわ豪奢《ごうしゃ》な鎧《よろい》をまとった騎馬《きば》が飛び出した。

おそらくは指揮官なのだろう。

彼は豪語した。

「畏《おそ》れるな！　震《ふる》えるな！　退くな！　相手は1人だ！　数にものを言わせれば負けぬ！　波のように攻めかかれ！　弾《はじ》き返されても寄せ返せ！　果敢に！　果敢に！」

「うおおおおーっ！」

坂道を駆け下りる騎馬たち。巻き立つ土煙、馬のいななき、人の怒号。

すべてが一点めがけて殺到していった。

アリスの許へ！

しかし彼女はひるまない。闘志《とうし》みなぎる顔をして、叫ぶ。

「悪いけど、あんたたちはゼロよ！」

「どういう意味だア！」

先駆ける騎士団長が怒りに吠《ほ》えた。

クルーウァッハが黄金色に燃えた。

「ゼロに何を掛けても、ゼロってことよ——————っ！」

「おおおおおおおおおおお!!」

嵐を巻き起こすような一撃が北の一軍を吹き飛ばした。

このときアークに意識があれば、大きく振りかぶった彼女の腕の下で弾む胸を見たりして、おおおおおと叫んだかもしれないが、そんなことはどうでもよかった。

ほんとにどうでもよいことだった。

アリスの肌《はだ》から放出される桃色《ももいろ》の光とクルーウァッハが放つ黄金色の輝《かがや》きが、渦のようにぐるぐると螺旋《らせん》を作って舞い上がった。上空で散華《さんげ》した。

燃焼した魔力がきらきらと燃え尽きていく。

舞い落ちる光の粒子の中、ひとり立つアリスの姿は、炎の女神のように見えた。

人間ごときが勝てるはずもない。

アリスは呼吸を整える一息をつくと、敵の残存する最後の一角に目を向けた。

「残るは――」

南の一軍だけであった。しかもそのほとんどは武装の弱い警察隊《けいさつ》だ。

その先頭には、蘇《よみがえ》ってきたという言葉がふさわしい包帯姿のダービンがいる。

「うわ、ゾンビ」

「お前のせいだろうが!!」

思いっきり怒鳴られた。

しかしもう、アリスとて引き下がるわけにはいかない。

腕にクルーウァッハを維持したまま、彼女は尋ねた。

「やる？　やらない？　決めるのはあなたよ」

言われて、ダービンは震《ふる》えた。

「くっ……、引き下がるわけには……」

自慢の赤毛が屈辱に揺れていた。

「今なら、このまま島を出ていってもいいんだけど」

「本当か……、い、いや、貴様らの言うことなど信用できん！」

ダービンは首を振った。首筋を汗がしたたった。その汗には迷いと覚悟が混じっている。

部下の命と、自分たちに課せられた任務を天秤《てんびん》にかけて、アリスを信じるべきか、その申し出を受けるべきか、苦しんでいるのだ。

「――――」

１分ほどの時間が過ぎただろうか。

ダービンは、横に振っていた首を縦《たて》に振った。

「わかった。お前を信じよう」

そう言ったときだ。

「ちょっとアリス～っ！　大変だよ――――っ」

緊張《きんちょう》感のない声が現れた。

ルビイだ。

「ど、どうしたのよ」

「やっぱアークの言う通りだったよ。あたいごときじゃ魔王《まおう》に歯が立たなかった」

「よかったじゃない。逃げてこれて」

「許してくれる？」

「……まあいいわよ。成功されて魔王が蘇りでもしたら収拾つかなかったし……」

「それが……」

どど－ん、と火山が爆発《ばくはつ》した。

黒く広がる夜空の一角に赤いマグマが噴《ふ》き出し、火口から黒い影が姿を現わしたのだ。

それは数十メートルにも及ぶ巨体。広げた翼《つばさ》はほとばしる火の玉を受けても微動だにせず、ライオンのような顔をぐるりと回して、島を睥睨《へいげい》する王者。

彼はその四肢《しし》で、これから蹂躙《じゅうりん》することになる島を睨《ね》めつけた。

炎をしもべに従える灼熱魔王《しゃくねつまおう》ローゲロフト（Loge-Lopt）が、復活を果たしたのだ。

「な、なんで……？？？」

驚《おどろ》きよりも疑問が頭を占めて、アリスはぽかんとした顔でルビィを見た。

「あたいね、山の地下にある牢窟《ろうくつ》に忍び込んで、魔王が眠らされている扉までたどりついたのよ。でも、あたいの力じゃ支配なんかとてもじゃないけどできなくてさ、逆に魂を喰《く》われそうになったのよ。だから……」

「だから？」

「あたいを追っかけてきた兵士が1人いたから、ちょうどいいやって、代わりに魂吸わせちゃったわけ。そしたらその魂のエネルギーで……」

「……魔王が封印を破っちゃった、ってわけね」

「いやー、危ないところだったわ。あっはっは！」

「あっはっは、じゃ、ないわよ！」

怒るアリスの背で、聖峰グレイスケープが唸《うな》りをあげた。

ドドーン！　ズドドーン!!

強く激しくマグマが噴出《ふんしゅつ》する。血のように濃い赤が。

オオオオオオン！

魔王は雄叫《おたけ》びをあげた。

猛然と前肢《まえあし》を蹴《け》り、斜面を駆け下りはじめたのだ！

「きっ、貴様、我らをたばかったな！　話し合いをするフリをして時間稼《かせ》ぎを……！」

憤怒《ふんど》の形相《ぎょうそう》でダービンが迫る。

「ち、違うよう！」

アリスはぶるぶると両手と首を横に振った。

「許さんぞ！　許さんぞ貴様だけは！」

「だから違うって〜っ!!」

横からルビィの能天気な声。

「いやー、魔王を蘇《よみがえ》らせちゃったときは、さすがにアリスも許してくれないだろうなあと思ってたけど、よかったよかった。やっぱり胸のおっきな女の子は心も大きいね！」

「もうっ、どこをほめられてるのかさっぱりわかんないわよ！」

そうこうしている間にも灼熱魔王ローゲロフトは迫ってきていた。

そのあとをマントのように溶岩流が続く。

その巨体、その偉容《いよう》、その突撃《とつげき》は「死」がカタチになったがごとくであった。

死から逃れられる存在などないように、かの者を見れば、誰《だれ》もが抵抗することを忘れた。

それほどの圧倒的な存在感であった。

だからダービンは決めた。

「ええい、こうなったらせめて貴様だけでも血祭りにあげてやるわ！」

「ええ――っ！　戦わないの？　アイツと！　ここは恩讐《おんしゅう》を超えて一時的に共同戦線を組むってのがおきまりの展開なんじゃないの⁉」

「あんな化け物に勝てるわけがないだろがア！」

「だからあたしだけでも殺すってわけ？」

「そうだっ!!」

「そんなぁ〰〰〰〰〰〰っ！」

逃げ出すアリス。追う男たち。

「さてと、あたいもそろそろこの島から逃ーげよっと」と、ルビィ。

「こら〰〰っ！」

アリスは叫ぶが、すでにルビィは闇《やみ》の中。

ルビィと入れ替わるように戻ってきたのはアークだった。

なんの余裕があるのか、わくわくとした声で言う。

「気絶してる間に、ずいぶんと面白《おもしろ》い展開になっちまったなあ」

「……こんな状況を面白いと感じられるのはアンタぐらいのものよ」

自分を抱きしめるように腕を組んで、あらわになった胸を隠しながら、アリスは呆《あき》れた。

かたや斜面を駆け下りた魔王《まおう》ローゲロフトは、後衛《こうえい》としてふもとに控えていた王国軍と接触し、それを粉砕した。

一瞬《いっしゅん》で。

その光景をあぜんと眺める警官《けいかん》たちに、アークは言った。

「まあ、気にすんなよ」

「気にするわ～っ！」

「栄枯盛衰、諸行無常、歴史書をひもとけ。滅びなかった国はないんだ、生まれた国はいつか滅ぶ。この国にとってはたまたまそれが今日だったってことさ」

「そんな言葉で片づけられてたまるかっ！」

「じゃあ、しょうがねえなあ。アリス、決着付けるぞ」

「ま、まさか……」

「ぴんぽーん」

「ダメーッ！」

アリスは胸をガードする腕に力を込めた。ぎゅっと両腕にはさまれて、ますます扇情的なスタイルになっているのだが、アークの目論見《もくろみ》はもちろんそんなところにはない。

「はい、オープン」

さっとアリスの背後に回り込んで、腰のくびれの頂点を両手の人差し指でちょんとつつく。

「きゃっ!」

弱いところを押されて、両腕がほどけた。

「やっぱり最後はこうでなくっちゃな!」

アークは呪紋《じゆもん》を描くための筆を取り出すと、アリスの左右にある桃色《ももいろ》の先端に、くるりくるりと丸を描いた。カタチにすると『◎』←こんな感じ。

「もーっ、アークのバカ〜っ!」

きらきらきらきら、とアリスの全身から桃色の光がほとばしった。

それは二点に集束し、すさまじい炎熱を伴った光の槍《やり》となる。

「名付けて、おっぱいビーム」

「だからその名前はイヤなんだってば〜っ!」

バシュウウウウウウウウウウウウウウウウン。

悲鳴が引き金となって、光線は発射された。

それに反応したローゲロフトが口から黒い火炎をはき出した。

光と炎はぶつかりあい、激しく爆発《ばくはつ》した。

力と力は五分と五分。

互いの破壊《はかい》力は激突しあい、核爆発もかくやというキノコ雲が上がった。

巨大なクレーターだけが残った。

それを見て、魔王《まおう》は満足げに舌なめずりをした。

火口がひときわ大きく爆発し、魔王は復活の雄叫《おたけ》びをあげた。

オオオオオオオオオオオン！

「うわー、強ええなあ」とアーク。

「もーっ、何の解決にもなってないじゃないーっ！」とアリス。

「殺ス！　お前らだけでも殺ス！　覚えとけ――――――ッ」とダービン。

島を紅蓮《ぐれん》の炎がつつむ。重なり合う悲鳴と怒号。その後のことはわからない。

沈む、ダナ・ヌイ王国。

大魔王アリスは一夜にして島を滅ぼすという華々しい戦果をあげて、またひとつ復活の1ページを刻むのであった。

めでたしめでたし。

2

第2話　「アークとウィル、禁断の愛!!」

草木も眠る丑《うし》三つ時（午前2時）――。

街は夜に沈んでいる。団欒《だんらん》の時間は終わった。窓の灯は消え、人々は眠りについている。

しんしんと響《ひび》く虫の声。

星の瞬《また》く音すら聞こえてきそうなほどの、静かな夜。

その町並みの一角に、煌々《こうこう》と明かりを灯《とも》し続けている家が一軒あった。

机に向かいながら、一心に筆を走らせている男がいた。

そう、そこはある小説家の部屋。

彼はそこそこの売れっ子だ。すでに3本のシリーズを抱えている。

書いているのは女の子が裸になったり、女の子が裸になったり、女の子が裸になったりする話だ。

漢字も少なく、改行も多い上、どれを読んでも話の筋が同じなので『読みやすい！』『途中からでも入っていける！』『初めて読んだ気がしない！』と、そんな理由で売れていた。

ちなみにいま、書いてる話はこんなんだった。

でっかい海を舞台に、丸裸の少年が海賊《かいぞく》の王者を目指す話。

タイトルもずばり『**裸賊王**』

裸族なのに女の子の裸が苦手で、見てしまうと鼻血をぶーっと飛ばして、敵を倒してしまうのだ。

なんかもうパクリとかそういう次元を超えていた。

……まあ、そんなことはどうでもいいとして。

夜まで仕事をしているのだから、バカはともかく仕事熱心ではあるのね、と思ったら大間違い、昼間はいつも遊びほうけてしまうので、夜、ひいひい言いながら小説を書いているだけなのだった。


そんな部屋の扉が、いきなり蹴《け》破られた。


「部屋を改めるぞ!」

入ってきたのは、揃《そろ》いの衣装も麗《うるわ》しい少女たちだった。

紫地に白いラインの入ったブラウスに、チェックのプリーツ。そして黒いストッキング。

まるで学生服のような格好に、腰に提げたサーベルのミスマッチ。

だが、それが逆に歌劇の世界から飛び出してきたかのような強い印象を与える。

そんな5人1隊の彼女たちは本棚《ほんだな》に手をつっこむと、雪かきでもするかのように棚ごと本を掻《か》き出した。その中から彼の著作である小説を選んでは火をつけ、燃やし始める。

これには彼も驚《おどろ》いた。作家でなくても驚いた。

「き、君たち!　いきなり人の家に乱入して、何やってんの!」

作家は今年で30になる。ふにゃふにゃに軟派な本を書いているわりに体格はがっしりとしており筋肉質だ。そんな彼が、年端でいえば半分にも満たない少女に怒鳴りつけられたのだ。

ところが。

「この破廉恥《はれんち》なゴミの作者は貴様か」

少女は少しも臆《おく》することなく、冷たいまなざしを彼に向けた。

恥ずべきもの、蔑《さげす》むべきものを見るかのように鋭《するど》く、容赦《ようしゃ》のない瞳《ひとみ》を。

臆したのは作家のほうだった。

「そ、そうだが……」

「お前はすでに**乙女裁判**によって**死刑**が決まっている」

「はぁ?」

いきなりとんちんかんなことを言われてしまったので、作家は尋ね返そうとしたのだが、それより早く少女のサーベルが彼の心臓を突き刺した。

「うぐっ!」

まるで男の血で服を汚してしまうことを拒絶するかのように少女はすみやかに剣をひきぬくと、バックステップを踏んだ。作家は彼女がいた空間に倒れ込み、絶命した。

少女は刀身を大きく一回転させて、鞘《さや》に収める。

チン、涼やかな音が鳴った。

人を斬《き》ったにもかかわらず、少女は汗のひとつも見せることはなかった。

後ろに立っていた女性に向き直り、報告する。

「黒百合《くろゆり》さま、汚物を粛正しました」

「うむ」

髪型もショートボブに揃《そろ》えた少女たちの中で、黒百合と呼ばれた女性だけが肩にかかる黒髪をしている。そして長いマント。袖《そで》のカフスや胸元には金糸で縁取《ふちど》られた紋章が輝《かがや》き、なんともゴージャスだ。身の程をわきまえないとみっともないだけの衣装になるのだが、黒百合と呼ばれた彼女はそれを充分に着こなしていた。

黒百合は少女の果敢な行動に満足したのか、その凛々《りり》しい顔を静かに微笑《ほほえ》ませた。

「この家屋はいかがいたしましょう?」

「浄化しろ」

言葉は矢のように鋭く放たれた。少女たちは家に火を放った。

赤く赤く燃えさかる炎を見つめながら、黒百合はつぶやいた。

「フフ、クズはよく燃える」

そして手にしていた手配書の一枚を投げ捨てる。

炎の中で作家の顔がめらめらと燃えていった。

黒百合はそれを満足げに見つめた。マントを優雅にひるがえし、少女たちに告げる。

「次の粛正に向かうぞ！」

手配書の新しいページには『裁判未決』という文字と共にマヌケな顔が描かれていた。

アークの顔だった。

♥

「ほー、中はけっこうなもんじゃん」

アークは感心した。

服を脱いで、浴室の戸を開けた途端《とたん》、むわっと咽《む》せるほどの湯気が立ちこめた。

かなり広い。湯気が朝靄《あさもや》のように立ちこめる空間は体育館ほどもあり、中央には動物園の猿《さる》山《やま》のような岩がでんと坐《ざ》している。お湯はそこから湧《わ》き出しており、岩肌《いわはだ》を滑りながら湯船へと流れ落ちてゆく。銭湯の壁面《へきめん》によく描かれている山と海をそのまま立体にしてみたといえばそれだけのことだが、わざと光量を落とした暗めの照明が、世界をセピア色に染め上げ、不思議な雰囲気を醸《かも》し出していた。

来る者を山奥にある秘湯にたどりついたような感覚にさせるのだ。

ちょっと凝《こ》りすぎな気もしたが、変なのはアークの趣味《しゅみ》に合っていた。

さっと身体《からだ》を洗って、湯船に浸《つ》かる。

「ふー、生き返る〜〜っ」

肩までお湯に浸かって、アークは惚《ほう》けた声を出した。疲れた身体にちょっと熱めが心地よい。のびのびと手足を伸ばすと、お湯が細胞まで染み渡る気がした。

ここまで気持ちがいいと、頭も真っ白になる。

女湯にはアリスがいるのだが、のぞいてやろうという気も失《う》せる。

誰《だれ》もいないかと思ったら、湯気の向こうに人がいた。

お湯に浮かべたお盆にお銚子を乗せて、お酒をきゅっとかましている御仁を見ると、ああ、酒もいいなあ、という気分になってくる。

憑《つ》き物を落とすには酒が一番いい。

アークはダナ・ヌイのことを思い出した。

(島旅は最悪だった……)

ひさしぶりのアリスとの2人旅は楽しかったが、ルビィとかいう女との巡り合わせが悪かった。調子は狂わされっぱなしで手も足も出なかった。

今さら、悪いコトはしたくないなどと言い張るつもりはないが、こっちのペースで島を沈めるのと、相手のペースで沈められたものをこちらのせいにされてしまうのとでは、気分が違ってくる。悪党は悪党でも、他人の悪さを押しつけられるのはごめんなのだ。

……ほんとに、身勝手な言い分なのだが。

「やっぱ酒だ。酒で心の垢《あか》を落とそう」

そう決めて、立ち上がったときだ。

「あら、奇遇ねえ。こんなところで再会なんて」

酒を呑《の》んでいた御仁がくるりと振り向いた。

「げっ」

アークは絶句した。

「久しぶり!」

相手は大きな瞳《ひとみ》を輝《かがや》かせた。

色っぽい唇《くちびる》をにっこりと微笑《ほほえ》ませながら、立ち上がる。

その身体《からだ》には、これみよがしに豊満な胸が2つほど、ついていた。

アークは断末魔《だんまつま》のようなかすれ声で、うめいた。

「ル……ルビィ……」

「覚えててくれたんだ。うれし〜っ!」

ルビィは抱きついた。

アークは突き放した。

「忘れられるわけがないだろが! お前みたいなヤツを!」

驚《おどろ》くべきことだった。

あのアークが、裸の女の子から逃れようとしたのだから。

「『忘れたくても忘れられない』あら、殺し文句ね！」

懲《こ》りもせず、ルビィは抱きついた。

「わっ、寄るな！」

ばいん。

動かした手が、ルビィの胸をはたいたのだ。

おっぱいが揺れた。

ものすごく揺れた。

「…………」さすがのアークも、びっくりした。

彼女は照れた顔をして、

「えっち」

「違ーう！」

「男らしくないなあ」

「お前こそ、なんでここにいるんだよ！　女湯行けよ！　女湯!!」

ルビィはびっくりしたように手を口にやると、

「え、ここ男湯だったの？　気付かなかった」

「気付けよ!!」

「いいじゃない。こうやって逢《あ》えたんだし、運命の導《みちび》きよ」

「悪夢の続きだ～!!」

この2週間という時間はなんだったのか。

再会して60秒も経《た》っていないというのに、アークはすっかり彼女のペースにはまっていた。

「なによう、ひどいわねえ」

唇《くちびる》をとがらせるルビィ。

責めるような言葉を口にしているのに、なんでか楽しそうな顔をしていた。

「再会を祝して、まずは乾杯しようよ」

「うわ、縁起《えんぎ》でもねえ」

「あんまりひねくれてると、女の子にモテないよ」

「この地球上にお前しか女がいないんだったら、むしろ俺《おれ》は男を選ぶね」

「それってすっごい婉曲《えんきよく》的な愛情表現?」

「ストレートな絶縁《ぜつえん》宣言だ!」

ルビィは首を傾《かし》げた。

「……変ねえ、息はぴったりなのに」

「これの! どこが! ぴったりなんだ!?」

「弾むような会話とか」

なやりきれなさに、アークは髪の毛をわしゃわしゃと掻《か》きむしった。

チは百発百中で顔面でヒットするような、そんな妖怪《ようかい》ボクサーとの対決を強いられているよう

こっちがいくらパンチをラッシュしても相手の身体《からだ》を透き通り、にもかかわらず相手のパン

暖簾《のれん》に腕押し、糠《ぬか》に釘《くぎ》。つまり何を言っても通用しない。

「あ〰〰〰〰〰〰〰〰っ！」

そしてキレた。

ずびしっと指をつきつけ、誰《だれ》が聞いても勘違いしようのない一言を叩《たた》き込んでみた。

「はっきり言ってやろう、俺が言ってるのは**悪口**だ」

言った瞬間《しゅんかん》、ルビィが驚《おどろ》いた顔をした。

（やっと通じた……！）

アークは勝利を確信した。

ところが、

「別にいいよ。あたい平気だもん」

あっさりと打ち返された。

「な〜んだ、もったいぶるからもっと凄《すご》いこと言うのかと思ったよ」

かぽーん、とアークの顎《あご》が外れた。

「そういうの、あんまり気にならないんだ」

「そ、そうなのか？」

「相手してくれるってことは、あたいを嫌いじゃないってことでしょ？　人がつきあうなら、それで充分じゃん。そう思わない？」

ルビィはニコっと笑った。何の悪意もない、純粋な笑顔だった。

（えっ）

その顔があまりに無邪気だったので、アークは思わず、彼女のせいで遭った痛い目を全部忘れそうになってしまった。

しかし、そんな感情は彼女の台詞《せりふ》で木っ端みじんに消え去る。

「そこで逆転ホームラン！」

アークはイヤ～な予感がした。

「あたいの代わりにアークが魔王《まおう》を操る。そしてアークをあたいが操る。これで問題は完璧《かんぺき》に解決するわけよ！」

「**人を巻き込んでなんとかしよう、**っていう発想を捨てろよ！」

「知らないの？　うさぎはひとりぼっちだと死んじゃうんだよ」

「関係ないだろ！　今の話と」

「うさぎだって地球の仲間だよ」

「それが今から大戦争を引き起こそうと企《たくら》んでるヤツの言う台詞か？」

「戦争じゃないよ、平和だよ」

「おまえの頭の中がか？」

「違うよう」

ルビィは自分が聖母にでもなったような気分で、両手を大きく広げて、

「世界がひとつの国になれば、戦争はなくなるじゃなーい！」


「そのために戦争してたら意味ないだろ！」


「そうとも言う」

あーっはっは、あーっはっは、と笑いとばすルビィだった。

「無限大に疲れる……」

がっくりと座りこんだアークは額《ひたい》を押さえた。そうでもしないと首の先から頭がぽきりと折れてしまいそうな気がした。それほどにエネルギーが身体《からだ》から抜けている気がした。いっそ脳さえなければこんな敗北感を感じずに済むのにとすら思った。

「だいじょび？」

心配したルビィが顔をのぞきこむ。

「……おまえに励まされてもな」

「元気注入♪」

そう言うと、ルビィはアークの顔を両手で抱きしめ、

「ん〜、ちゅ」

と、キスをしたのだ。

「む！　ぐ！」

舌まで入った。

（ちょっと待て〜っ!!）

アークは抵抗した。唇《くちびる》にそれほどの価値を置いている彼ではなかったが、侵略となれば話は別である。

たかが口づけ、されど接吻《せっぷん》。

スケベ大好きアークとはいえ、ここまでやりたい放題されたあげく、舌まで入れられては男の沽券《こけん》にかかわった。こうなればいかなる手段を用いても——。

（コイツを排除しなければ！）

アークは魔王《まおう》兵器を呼び出す呪文《じゅもん》を唱えようとした。

そこまでしようとした。

「むがががが」

唇を塞《ふさ》がれていた。

アーク、絶体絶命！

それでも両手に力を込めて彼女を引き離そうとするのだが、ルビィの舌使いがこれまた絶妙だったので、アークは数秒もしないうちに陥落した。

セピア色の世界、立ちこめる湯気、さわさわと音を立てて流れ落ちるお湯、小さな波紋を立てる湯船。誰《だれ》もいない、２人しかいない世界。

一糸まとわぬ２人が、唇ごしにつながり続けた――。

「はふぅ……」

唇が離れた途端《とたん》、倒れ込むように両手をつくアーク。唇を拭《ふ》くルビィ。

男と女が逆だった。

「うわああああああああん！」

アークが走り出した。泣いていた。

あまりにひどい仕打ちに、我慢の限界を超えたのだ。

くらっ、と立ちくらみがして、倒れる。

湯にのぼせたのかと思ったが、違う。

色覚が狂う、像が歪《ゆが》む。聴覚《ちょうかく》までおかしくなる。身体《からだ》の芯《しん》がじんじんと熱くなって頭がぼうっとしてくる。自分の手の平さえ普通に見られない。

「こ、これは……」

「うふふふ、お湯に浸《つ》かって血行がいいと、薬の回りも早いねえ」

　勝ち誇った表情でルビィは立ちはだかった。手にした薬瓶をコトリと置き、腕を組む。からめた両腕からふたつの胸がこぼれ落ちそうなのに、悲しいかな、今のアークはそれを鑑《かん》賞《しょう》することすらできない。

「て、てめえ！　何飲ませた!?」

「責任取ってもらおうと思って」

「責任？」

「惚《ほ》れ薬って知ってる？」

「何っ！」

「ていうか、ただの発情剤なんだけど。でもスペシャル強力だよ」

「……ど、どれぐらい？」

「男だろうが女だろうが、おかまいなしに押し倒したくなるぐらいに」

「…………」

　アークは気絶しそうになった。

「あたいの見たところ、アリスは浮気を絶対許せないタイプよね。ってことは、アークを浮気させちゃえば、あたいの勝ちってわけよ〜♪」

「これのどこが浮気なんだよ!?」

「身体《からだ》は浮気しても心はしてない、なんてな言い訳が通用する娘だと思う？　アリスは」

アークはぶるぶると怯《おび》えた顔を横に振った。

（そんな言い訳、アリスに通用するわけないだろ!）

自由な男女交際なんて言葉はアリスの辞書にない。裸と裸で向かい合ってるこんな現場を見られただけでも磔《はりつけ》＆獄門《ごくもん》間違いなしだというのに、やることをしてしまおうものなら……。

想像するだけで、アークは首と胴がちょんぎれそうな思いがした。

（い、意識が……）

その間にも薬が回る。ますます視界がぼやけてきた。何がなんだかわからなくなる。首の裏あたりが麻痺《まひ》してきて、意識が遠くなる。

（うっ!）

たしかに、たしかに衝動が襲《おそ》ってきた。

自分が何物かにジャックされる感覚。支配される感覚。

男だろうと女だろうと、それこそ木の股《また》とでもセックスしたいというムラムラが脳ではない場所から放出されて、細胞という細胞に染み渡っていく。身体《からだ》の自由を奪って、理性を剝《は》ぎとっていく。

（や、やばい………!）

ひとかけらの意識に全神経を集中させて、アークは立ち上がった。

ルビイを振り捨てて、走り出した。

「た、助けてくれ〰〰〰〰〰〰〰〰っ！」

声は、情けなかったが。

♥

「おっきなお風呂《ふろ》に入るのも、久しぶりです」

うきうきとした顔で、ソフィアは袖《そで》のボタンを外した。

彼女は脱衣場にいた。

ティス・イアス・ソフィア。アークやアリスの旅の仲間で、魔法《まほう》使いでもある少女。

まだ14歳。澄《す》んだ瞳《ひとみ》をした、品の良い顔立ちの女の子だった。

言葉遣い、立ち振る舞い、そのすべてから清楚《せいそ》さを感じさせる可憐《かれん》な少女だった。

お譲《じょう》様暮らしの長かった彼女がアリスたちと出会って知ったものに、大きなお風呂があった。

それまでは気後れがして、宿に泊まることがあっても部屋に備え付けのバスを使っていたのだけれど（彼女はお金持ちなので、泊まるのも当然、高級スイートルームなのだった）、誘われて入った温泉で格別の気持ちよさを覚えてしまった。

アークとアリスが2人旅をしている間、彼女はウィルと行動を共にしていた。

ウィルは由緒正しき勇者の家に生まれた剣使いである。

ちなみにカグヤは月の後半が来たので、寝ていた。

彼との2人旅で、唯一、残念だったことがある。

それがお風呂だった。

「1円でも安いところに泊まるでぇ！」

1人旅やったら絶対野宿する、と断言してはばからない彼である。お風呂場の充実など考慮《こうりょ》するわけもなかった。ソフィアは前々から（広々としたお風呂でウィルさんとゆっくりとお話ができたらいいなあ）と思っていたりした。

あまり性差を意識しない娘なのだ。

アリスという「意識しすぎる」人がいるので、みんなで行動している間は混浴を遠慮していたのだが、2人旅をしている間なら、そういう機会もあるかなあ、とか思っていなかった。

ウィルは筋金入りの倹約家だと思った。

意志の弱い自分にはできないことなので、ソフィアは素直に尊敬した。

なので、アリスたちがいるかもという口実を作って、やってきたのだ。

しゃら、しゃら。

魔法都市クレアガーデンのお姫様ともなれば、身に着けているのも上質の絹。脱ぐたびにこすれる布地の音も品がいい。

一糸まとわぬ姿になって、いよいよお風呂《ふろ》へ。

……というところで、彼女の小さな胸にちょっとした悪戯《いたずら》心がおきた。

(ぜんぜん人もいらっしゃらないようですし、こっそり男湯に忍び込んだら、ウィルさん驚《おどろ》きますかしら?)

♥

「ちょっと、アーク! あたし以外とやっちゃったら強姦罪《ごうかん》になるんだよ～!」

「おまえに捕まっても似たようなもんだ～っ!」

不毛なおっかけっこはつづいていた。

ひいひいひぃ。

朦朧《もうろう》となる意識の中、アークはルビィを振り切った。

しかし、走っても走っても湯煙の向こうに出口は見えない。

広いといっても、趣向《しゅこう》をこらした温泉が男湯と女湯にそれぞれ3つほど用意されているだけの空間である。直線にすれば100メートルもない。

しかし、走っている人間が尋常ではなかった。

右にフラフラ、左にフラフラ、足が滑って湯船にドブン。

コケたことにも気付かないぐらいに、意識がなかった。

それもそのはずである。

温泉にたっぷり浸かった上に走り回っているのだから、体中の血管という血管は広がりまくって、薬の効きも超特急。完全なる自殺行為であった。

それでもやみくもなスピードで走っているのはルビィに捕まったら最後、貞操《ていそう》という名の最終防衛《ぼうえい》線を突破されたあげく、精神的にも肉体的にも彼女に蹂躙《じゅうりん》されたことになるからだ。

そしてアリスが渡してくれる地獄《じごく》行きの片道切符。

（そ、それだけは〰〰っ！）

ここで捕まったら、一巻の終わりだ。

薄《うす》れゆく意識の中で、アークは思った。


「アークぅ、どこ行ったのお？」

彼のいる場所とはさほど離れていないところを、彼女もやみくもに走っていた。

ひぃひぃひぃ。

ルビィはルビィでめろめろになっていた。

お酒が回っているのだ。

温泉にたっぷり浸かった上に走り回っているのだから、体中の血管という血管は広がりまくって、酒の効きも超特急。完全なる自殺行為だった。
（や、やばいよ……）
自分ですらこうなのだからヤバイ薬をキメてるアークはそれ以上に意識朦朧《もうろう》のはずだ。
何かの拍子で女湯に迷いこんで、そこでアリスと出会おうものなら……。
（そ、それだけは〜〜っ！）
べちょっ。
つるりと足を滑らせたルビィは、顔からずっこけた。
そして、アークのほうは——。
血走った目をしていた。飢えた獣《けもの》みたいな表情をしていた。そして、全裸だった。
まさに野獣《やじゆう》！
生き延びたいという本能。
薬で暴走中の性欲も本能。
本能と本能が激突して、理性が粉々に吹き飛んでいた。
がるるるるる。
そんな声も聞こえた。
いま、男湯には一匹の野人がいる。
目に映るものすべてを獲物《えもの》としか見ない、獣がいる。

ガラリと戸が開く音に、彼はめざとく反応した。

（ターゲット発見！）

湯煙の向こうに見える人影目指して、野獣は駆けだした。

「ウィル～！」

彼の名を呼んだ。

ウィルと呼ばれた少年も、アークの顔を見て返事を返した。

「お、兄貴！　先に入ってたんかい」

「ウィル～！」

「どないしたんや？」

「ウィル～！」

「なんやなんや！」

「ヴィル～!!」

近づいてくるアークのただならぬ様子《ようす》に、やっとウィルも気付き始めた。

だが遅かった。

「がるる！」

野獣《やじゅう》の目がぎらりと光った。その瞬間《しゅんかん》、彼は人のものとは思えぬ跳躍《ちょうやく》を見せた。

体重ごとぶつかる。

ウィルを否応《いやおう》なく押し倒した。

「あ、兄貴どうしたんや？　おかしいで！」

野獣は息荒く、充血した瞳《ひとみ》をうるませながら、本当に苦しいのだろう、切ない声をあげた。

「助けてくれ……、このままじゃ……オレ、ブッ壊《こわ》れちまう……」

アークが死にそうなほどに切ない顔をしていたので、さしものウィルも心配になった。

「え、ええで、ワイにできることなら、なんでも」

「助かった」

「何すりゃええん？」

「おまえを！　くれ!!」

野獣《やじゅう》はウィルが腰に巻いていたタオルを剝《は》ぎ取ると、本能を挿入しようとした。

「アホか――――――――――――――――ッ」

アークを突き飛ばし、ウィルは逃げた。

脱衣場に飛び込み、己の脱いだものから黒剣に手をかける。

白光の魔王《まおう》剣クラウ・ソラス。

150センチにも届かないウィルと同じぐらいの身の丈をした大剣だ。

その剣をウィルは鞘《さや》ごとアークに叩《たた》きつけた。

「がるるるるるる！」

だがそれぐらいでアークはひるまない。

身体《からだ》の大きさに任せて、ウィルを押し倒そうとする。

「はぎゃあああああああ、助けてくれ〰〰〰〰っ！」

「どうしたのっ!?」

「…………………………」

声を聞きつけたのか、アリスがバスタオル一枚の姿で飛び込んできた。

見た。

♥

「は……あは……あはは……はは……」

指さした手が震《ふる》えていた。

アリスはぷるぷると揺れる指先の向こうに、驚愕《きょうがく》の光景を目の当《ま》たりにしていた。

壁《かべ》の向こうから悲鳴が聞こえたので、嫌《いや》な予感がし、意を決して男湯に飛び込んだ。

アークがよからぬことをしてるんだろうなという予想に間違いはなかった。

だが、まさか。

まさか、アークが。

男と男でセックスをしているなんて!!!!!!!(正しくはレイプ)

アリス・キャロル16歳。

性交なるものを目の当たりにしたのも初めてなら、男と男のまぐあいも初めてだった。

入っているか入ってないかと厳密《げんみつ》に問われれば、まだ入ってはいないのだが、そもそもそういうことをまだしたことのないアリスには、ましてや男同士のそれなど、どっからが本番で、どこまでが未遂だという区別も付くはずもなく、裸のアークが裸のウィルを押し倒し、襲《おそ》いかかってる姿を見るだけで、そう判断してしまうしかなかった。

というか思考停止だった。

「あ、あうあう」

冷たさも限界を超えると熱く感じてしまうように、アリスは目の前で繰《く》り広げられているスペクタクルを評価することすらできずにいた。ましてや恋に恋する相手だ。乙女の想像をはるかに超える空前のアトラクションを前に、ただただ鯉《こい》のようにぱくぱくと口を開いて酸素を吸い込むぐらいが精一杯だった。

だが、じんわりと、アリスの瞳《ひとみ》にも涙が浮かび始めた。

「アーク……!」

身体《からだ》の全体に、やっと憤《いきどお》りという名の血液が回り始めた。

ぺた、ぺた、ぺた、と近づいた頃《ころ》には、拳《こぶし》は充分暖まっていた。

「はっ……!」

殺気を帯びたアリスの声に、アークは我を取り戻した。

倒れているウィルを見て、青ざめる。

そして恐るべき殺意が迫っていることを知る。

ゴゴゴゴゴと、咆哮《ほうこう》すら聞こえてきそうなほどの殺気に。

「アークうううう」

新たな野獣《やじゅう》が誕生《たんじょう》しようとしていた。

アークはそっちのほうで青ざめた。

「いや、アリス、これは誤解だ！　誰《だれ》がなんといっても誤解なんだ!!　頼むから話を聞いてくれ！　10秒でいいからオレの話に耳を傾けてくれ!!」

「いいわよ」

しかし、アリスが傾けたのは耳ではなく拳《こぶし》だった。

「このひとりハレンチ学園がァァァァァ！」

悪を抹殺する鉄拳《てっけん》がアークを撃《う》ち抜いた。

「のわあああああああああああああああああああああああああ！」

濡《ぬ》れた床を滑るように吹き飛び、壁《かべ》にぶつかる。

「アァ〜ニィ〜キィイイイイ！」

そこにも野獣《やじゅう》がいた。

大剣をつかんで立ち上がるウィルだった。

「うわっ、うわっ、ウィル！　ウィル！」

その形相《ぎょうそう》の恐ろしさにアークは腰を抜かしたまま、後ずさった。

どん、とぶつかる。

振り向くと、アリス。

「アーーク〰〰〰ッ！」

2人の怒りがユニゾンした。

これぞまさしく前門の虎《とら》、後門の狼《おおかみ》。アークは逃げ場を失った。

「ま、待て、2人とも」

アークは真剣な顔をして、２人を見やった。

一瞬《いっしゅん》だけ、２人は止まった。

彼の瞳《ひとみ》があまりにも真摯《しんし》だったので、わずかにでも仏心が動いたのだ。

話を聞こうとしてくれた２人に、アークは言った。

「オレは被害者なんだ」

「どこがだ〰〰〰〰〰〰〰〰〰〰〰〰〰〰っ！」

ウィルとアリスのＷ攻撃《こうげき》が叩《たた》き落とされた。

「ホントなのに〜っ!!」

すんでのところで逃れるアーク。

「ふ〜ざ〜け〜る〜な〜や〜！」

ウィルが追う。

魔王《まおう》剣の鞘《さや》の隙間《すきま》から白い魔力光が溢《あふ》れ出ている。

それほどにウィルの怒りは深い。

鞘に入れてあるのは手加減のためではない、肉体を持つ相手にダメージを与えるには魔王剣よりもこっちのほうがよいからだ。それだけでしかない。

「だいたい普通に考えてみろよ！　オレが男を襲《おそ》うか？　これは事故なんだよ、な、な！」

「ほう、それじゃあワイがこれから兄貴を殺すんも事故やなあ」

目が本気《マジ》だった。

魔王《まおう》剣からほとばしる魔力光がますます強くなる。

「なんでこうなるんだよーっ！」

そんな光景を、

「あちゃー」

ルビィが岩場の影から見つめていた。

何やら騒《さわ》がしい音がして意識を取り戻してみれば、これだ。

最悪の予想は外れたが、別の最悪を見てしまった。

（アークごめんねぇ……）

さすがのルビィも良心の呵責《かしゃく》を覚えていた。

（こういう時は……）

（逃げよ）

最悪な女だった。

「待てーい！　お前！」

アークに気付かれた。

「あら、アーク。お久しぶり～」

そしらぬふりをして、返事をする。

なにしろアークをはじめ、ウィルもアリスも目がヤバイ。

こんなところで罪を認めようものなら、どんな目に遭わされるかわかったものじゃなかった。

アークが詰め寄った。

「お久しぶりじゃねぇよ！　こいつらにちゃんと説明しろよな！」

「あたいは悪くないよう!!」

「お前が諸悪の根源だろーがっ！」

「違うだろ――――――っ！」

アークに向かって、ウィルとアリスが怒鳴った。

「オレじゃなーい！」

悲鳴をあげるアーク。

「だいたい、ウィルに向かって走っていったのはアークじゃないの、あたい見たよ」

「最初におまえが薬飲ませたせいだろ！」

「何のこと？」

「しらばっくれるなよ、てめー！」

「話をごまかすな――っ！」

アークに向かって、ウィルとアリスが背中から蹴《け》りを食らわした。

「だから、みんな、オレの話を聞いてくれよ〜〜っ！」

「聞く耳持たんわ〜〜〜〜〜〜ッ！」

ダブルの雄叫《おたけ》びとともに、キックの連打が始まった。

「や、やめてええええええええ！」

「じゃ、あたいはそういうことで」

どさくさまぎれにルビィは消えていった。

「ちょっと待てい！」アークが追おうとした。

「お前が待てい！」ウィルとアリスが引き戻した。

そして、げしげしげしげしとリンチ蹴《げ》り。

「うぎゃあああああああああああ！」

そこへ、最後の仲間が。

「少しばかり早く着いたから、風呂《ふろ》にでも入ろうかと来てみれば……」

現れたのは、カグヤだった。

追放中の月の女王であり、妖艶《ようえん》にしてたおやかな大人の女性である。

しばき回されてるアークや、しばきたおしているアリスやウィルの仲間である。

久しぶりに会う仲間たちの姿に、感動が心に押し寄せたり………………することもなく。

「まったく……、おぬしたちは何も変わってないのう」

やれやれ、とカグヤは大きなため息をつくのだった。

——ところで、ソフィアであるが。

「いいお湯です♪」

ウィルを驚《おどろ》かせようかとも思ったのだけれど、やっぱりやめることにして、のんびりと女湯に浸《つ》かることにしたのだった。

壁《かべ》の向こうから、騒々《そうぞう》しい音が聞こえてくる。

「うふふ、男湯は賑《にぎ》やかですねえ」

ツイてる人間はどこまでもツイていた。

♥

そんなこともあった、時は昼下がり。

「あー、もう、腹立ったらありゃしない」

苛立《いらだ》ちを湯気のように沸かせながら、街をのしのしと歩いている少女がいる。

アリスだ。

怒っている理由は……書くまでもない。

「ルビィもルビィだけど、アークもアークよ」

ほらね。

腕を組み、斜め45度下の誰《だれ》もいない空間に話しかけるように、アリスはぶつぶつと独り言を言っていた。

つまり愚痴《ぐち》だ。

そんなアリスの前途に、華麗《かれい》なマントが立ちふさがった。

黒百合《くろゆり》だった。

金糸で縁《ふち》取られたカフスから伸びた白い手。その指先に男の顔が記された手配書。

それを示す。

「すまないが、この男の居場所に案内してくれないか」

「な、なんの用?」

条件反射で眉間《みけん》にシワを寄せるアリス。声にトゲがある。

ハッとなるような美人がアークを訪ねようとしている。

アリスの防衛《ぼうえい》本能が働かないわけがなかった。

「お前は、アリスだな」

長いまつげをした瞳《ひとみ》がアリスを捉《とら》えた。

見とれてしまいそうな瞳の清らかさにアリスはこくりとうなずいた。

ケロヨン

「こいつはどういう男だ?」

「バカです」

断言した。

「スケベで、アホで、パッパラパーで、頭悪くて、口も悪いし、性格も悪い、ほんとにど〜しようもないヤツなんです。近づかないほうがいいですよ」

「最悪だな」

「そうですよ。ほんと近づかないほうがいいですよ」

重ねて強調する。

「わかった」

うなずく黒百合《くろゆり》を見て、アリスはなぜだかホッとした。

きれいな人には近づいてほしくないのだ。

どうしてか?

「お前は、この男にどうなって欲しい?」

黒百合に心を見抜かれたかと思って、アリスは心臓をどきりとさせた。

「そ、それは……」動揺して、口ごもる。

「あるだろう、ひどい目に遭っているのだから。それともお前は平気なのか?」

「そんなことあるわけないじゃないですか！　嫌《いや》に決まってますよ！　何度泣かされたか！」

「わかった」

言うと、黒百合はふわりとマントを翻《ひるがえ》し、アリスに背を向けて歩きだした。

「え、ちょっと……。あなた、どなたなんですか？」

黒百合は立ち止まらず、答えた。

「お前の味方だ」

♥

そこは教会の中だった。

体育館ぐらいの大きさはある。集まっている少女たちは100人を超えるだろうか。

ステンドグラスには黒いカーテンがかけられ、中は夜のように暗い。

少女たちが息を潜《ひそ》めながら交わすささやき声が、ざわざわと響《ひび》いていた。

パッ、とスポットライトが舞台の中央に当てられる。

檻《おり》があった。

檻の中にはアークがいた。

動物園の猿《さる》のようにきょとんとした顔で、鉄格子を握っていた。

「……ど、どゆこと?」

「まだわからぬとはつくづく愚かだな、お前という男は」

舞台の袖《そで》から黒百合《くろゆり》が現れた。

スポットライトを浴びると、少女たちの声が上がる。

その声を黒百合は満足げに受け止め、そして宣言した。

「今から、この男について、乙女裁判を始める!」

「きゃーー!」「きゃーー!」「黒百合さまーー!」

会場にこだまする少女たちの黄色い悲鳴。

「オトメサイバン……?」

首を傾《かし》げるアークを放置して、黒百合は会場の少女たちに向き直った。

「アーク! この男は破廉恥《はれんち》極まりない!」

舞台奥に白いスクリーンが降ろされ、スライド写真が映し出された。

それはアークとアリスを映したものだった。

アークがアリスを裸にしている写真だったり、おっぱいに『魔王呪紋《まおうじゅもん》』を書き込んでいる写真だったり、んでもって変な光線が射出されている写真だったりした。

「きゃーー!」「変態~!」「いやらしい!」

さっきとは別の悲鳴があがった。

それは黒百合も同じだった。クールな彼女は決して取り乱すことはしなかったが、義憤《ぎふん》に燃える目で、マイクを握りしめていた。

「諸君! この男は魔王を退治するという大義名分のもと、アリスという少女を公然と裸にしようとした! 魔王呪紋などという卑猥《ひわい》な魔法を編み出して、少女を泣かせている極悪非道な男なのだ! 諸君! この男をどうすればいい!?」

「死刑よ!」「死刑、死刑!」「絶対《ずぅえーったい》に死刑!」

し・け・い! し・け・い! 3拍子のコールが巻き起こった。

当然だな――、黒百合はそう言わんばかりの顔で、アークに向き直った。

「貴様の運命は決まった。陪審員《ばいしん》は死刑をお前に下したが、感想はどうだ?」

彼女はアークが命乞《ご》いをするものだと思っていた。

(情けなくみっともなく恥を捨てて、乞うがいい)

男はいつもそうだ。男に生まれたというだけで自分が偉い存在であるかのように錯覚《さっかく》し、威張りちらし、都合が悪くなれば涙をながし、鼻汁をたらし、声を裏返らせ、地べたをはいつくばるように土下座する。その程度のプライドなら初めからつつましく生きていればよいのに。

だから彼女は男という生き物が嫌いだった。

この世が陰と陽でできているのならば、醜悪《しゅうあく》を集めて作ったのが男であるはずだった。彼女はそう確信していた。

さておき、死刑を宣告されたアークの第一声はこうだった。

「ねー、この写真、分けてくんない？」

バカみたいに陽気な声だった。

「き、貴様ぁぁ！　自分の置かれてる状況がわかってないのか!?」

声を裏返らせたのは黒百合《くろゆり》のほうだった。

「死刑宣告されたんだろ、お前らに」

「そうだっ！」

「じゃあいいじゃん！　アリスの写真譲《ゆず》ってくれよう」

鉄格子をがしゃがしゃ揺らせながらねだる。子供みたいに。

「貴様、わかってないのか！　自分の立場が！　指輪はここだ！　貴様はどうあがいてもそこから脱出することはできんのだ!!」

そう言って、彼女はアークの中指にあったはずの《統べる者の指輪》を見せた。

黒百合の唇《くちびる》が歪《ゆが》んだ。蔑視《べっし》と皮肉を含んだ微笑だった。

ところが。

「そんなのどうだっていいよ！　アリスの写真譲ってくれよう」

アークは鉄格子をがしゃがしゃと揺らすだけだった。

「ええい、少しは動揺しろ！」

黒百合は硬いソールの入ったつま先で鉄格子を蹴《け》った。

「でっかいスクリーンで見てるからかもしれないけど、ほんとスッゲーよなあ、おっぱいの膨《ふく》らみ具合がぼいんぼいんだぜ。見ろよ、この下乳、実物よりエッチだ。すげー、すげー」

「ええい、卑猥《ひわい》な言葉を使うな！」

クールな黒百合さまが真っ赤な顔をしていた。

はは一ん、とうなずいたアークは、にやりと笑った。

「おっぱい」

「使うなっ！」

「おっぱいおっぱい」

「殺すぞ、貴様ア！」

黒百合さまはサーベルを抜いた。

会場は興奮《こうふん》のるつぼと化した。

こ・ろ・せ！　こ・ろ・せ！　乙女たちの黄色い怒号も最高潮に達した。

と。

「お待ちなさい！」

凛々《りり》しくも激しい声が稲妻のように轟《とどろ》いた。

途端《とたん》、会場は水を打ったように静まりかえった。

「お姉さま……」「この声は……」

「白百合《しらゆり》のお姉さま……!」

出入り口である会場の奥の扉が開いた。

パアアアッと、夕暮れの太陽が、会場の暗闇《くらやみ》へ閃光《せんこう》のように差し込む。

その中を、1人の女性が現れる。

カツ、カツ……、リノリウムの床にハイヒールの音を刻みながら、まるで後光のように太陽を従えて、彼女が歩いてくる。

少女たちは驚《おどろ》きと戸惑いに目を見張りながら、ひそひそとささやきあった。

「どうして……白百合さまが」「巡礼の旅に出ているはずでは?」「それだけアークが邪悪だということよ」「そうね、邪悪の固まりですもの」

いっぽう壇上《だんじょう》では黒百合がため息のような声をもらしていた。

「白百合さま……」

さっきまでの殺意はどこへ消えてしまったのか、白百合を見た途端《とたん》、彼女は毒気を抜かれたように立ち尽くし、姿勢を正していた。

それは会場にいる少女たちすべてが同じだった。

みながうっとりとしたまなざしで、彼女を見つめる。

白百合さま。彼女こそが乙女騎士《きし》団のリーダーであった。

言わなくても、見ればすぐわかる。

凄《すさ》まじき美貌《びぼう》。神々しき金髪。

そのままラケットを持たせてテニスコートに立たせてみたいと言えば、わかる人にはわかるだろうか。結婚もしてないのに『夫人』と呼ばれる人に、うりふたつの。

絶滅危惧《きぐ》種を記載したレッドデータブックにも収録が決まったと言われる黄金の巻き髪ロール。まつげは長く、天然のマスカラ入り。額《ひたい》は田植えができそうなほどに広く、しかも富士額《ふじびたい》ときたものだ。

そして、全身から匂《にお》いたつような気品の高さ。

まさに――まさに旧世紀の遺物《いぶつ》。いや、**世界遺産**（The world heritage）だった。

白百合は言った。

「わたくしたちは純潔《じゅんけつ》を誓った乙女です。それがなんですか。『殺す』『殺す』などとはしたない。恥をお知りなさい、恥を」

会場は静まりかえる。

言葉を失った教会に、白百合の高い声が響《ひび》いた。

「黒百合《くろゆり》さん」

「は、はいっ」黒百合は子供のように姿勢を正した。

白百合の冷たいまなざしが鋭《するど》い槍《やり》となって、心を射抜くのだ。

それほどに支配的な眼光。黒百合は白百合さまの神々しさに震《ふる》えていた。

「騎士《きし》団のことはあなたに任せたはずですね」

「はい！」

情熱きらめく目で答える黒百合《くろゆり》。

しかし、白百合《しらゆり》は失望のまなざしを向けた。

「それがこの有様ですか、情けない……。妹たちを導《みちび》くという高貴な役割があなたには与えられているのですよ。忘れたのですか？」

黒百合はうろたえた。

がっかりとする白百合のまなざしに、神に見捨てられたのと等しい衝撃《しょうげき》を覚えたのだ。

だから訴える。

「ですが白百合さま！　この世にはびこる穢《けが》れた者から純潔を守るのが我々の使命だったはずです！　ありとあらゆる手段を使って、この世を汚そうとする男たちの魔《ま》の手から少女を守り抜くこと、そのためには我が手を血で染めることすらかまわないと。それが――、それが我ら乙女騎士団の誓いだったはずです！」

「まだわからないのですか」

「えっ」

「人の命を絶つということは、その穢れたる者たちと同じになるということですよ」

「――――っ！」

まるで稲妻に打たれたかのようだった。

黒百合は絶句し、立ち尽くした。

そしてがくりと膝《ひざ》をつき、うなだれる。

「そ、そうでした……、私としたことが……、取り返しの付かないことを……」

黒百合は唇を噛《か》んだ。悔しさ、怒り、歯がゆさ、自分に対するやりきれなさに消えてしまいたくなった。本当にそうだった。彼女にとって白百合とはそれほど絶対的な存在だった。白百合さまの信頼に応《こた》えることができなかった自分、白百合さまに軽蔑《けいべつ》されてしまった自分。なんて愚かな、なんて惨めな存在なのだろう……、と。

「お立ちなさい」

舞台に上がった白百合は、彼女の肩に手を置き、厳《きび》しくも優しい声で告げた。

「夜な夜な不埒《ふらち》な男たちを狩っているという話は聞き及んでいます」

「わたしはどうすれば……」

「過ちを改めるのに遅いということはありません。これからのあなたが清く生きればよいだけです」

「白百合さま……、わたしにはもう、妹たちを導く資格がありません」

「そうでしょうか」

白百合は会場を見渡すと、乙女裁判の流儀《りゅうぎ》に従って一堂に黒百合がその名を捨てるべきかを問うた。そして最後にこう告げた。

「これまで一度たりとも過ちを犯したことのない者は、手を挙げなさい」

手を挙げる者は――、
いなかった。

その答えに満足して、白百合《しらゆり》は手をさしのべる。

「さあ、お立ちなさい。私たちはみな、過ちを犯しながら前進していく神の子供なのです」

「白百合さま……」

白百合を見る黒百合の目は神を見るようだった。それは会場にいる少女すべてが同じだった。

彼女たちにとって、白百合は法を定める神であり、生命をはぐくむ太陽であり、道を指し示す北極星であったのだ。

「もう一度誓いましょう、わたくしたちは決して人を殺《あや》めることはしないと！」

「はい！」

黒百合《くろゆり》に続いて、妹たちも誓った。

「はい！」

熱くうるんだ瞳《ひとみ》たち、捧《ささ》げ合う魂の誠、心の純潔《じゆんけつ》、乙女騎士《きし》団という誇り。

少女たちの心が1つになった瞬間《しゆんかん》だった。

（やばい宗教《カルト》みたいな世界だな……）

檻《おり》の中でアークは思った。

「白百合さま、この男はいかがいたしましょう」

黒百合は鉄格子を指し示した。

「アーク、これまで我々が成敗してきた者の中でも群を抜いて劣悪な男だということは聞き及んでおります。ですが殺してはなりません。断じて殺してはなりません」

白百合さまは厳命《げんめい》した。魂の高潔《こうけつ》さこそが乙女騎士団の誇りだからだ。

だから、ロールパンも真っ青のくるくる巻き毛を跳ね上げると、こう言った。

「半殺しになさい」

「ははっ！」

は・ん・ご・ろ・し！　は・ん・ご・ろ・し！　たちまち巻き起こる少女たちの怒声。

フッ、と白百合は息をつくと、まるでよいことをしたかのように胸を張って舞台から去っていった。その背中に、アークはこうつぶやくしかなかった。

「ここはバカ動物園だ……」

バカにすらバカだと言われる生き物がいる空間。

そこがバカ動物園。

♥

そして1カ月が過ぎた頃《ころ》。

突然の失踪《しっそう》に、街から移動せずにいたアリスたちのもとに1通の絵はがきが届いた。

『おひさしぶりです。アリスさん、ソフィアさん、カグヤさん。

みなさんお元気ですか？　ぼくは元気です。

これまでの人生を顧《かえり》みるに、たくさんの人々に申し訳ないことばかりをしてきたように思います。特にみなさんに対してはシャザイの言葉もありません。

ぼくは今、罪の償《つぐな》いをしています。日々ザンゲをし、身を修める訓練をしています。

これまで犯してきた罪は償いうるものではありませんが、過ちを改めるに遅いことはないと言います。その言葉を胸にぼくは毎日を生きています。

心配しないでください。ぼくは生まれ変わりました。ここにいると心が真っ白になって、なんだか自分でない自分になっていくのです。清々《すがすが》しいです。

だからみなさん、ぼくを捜さないでください、おねがいします。

アーク

追伸、最近新しい仲間が増えました。ウィルといいます。彼もこれまでの自分を悔い、行いを改めることにしました。ぼくと彼は助け合いながらこれからを生きていこうと思います』

「…………………」

アリスは黙《だま》って、絵はがきを裏返した。

切手にはしっかりと、投函《とうかん》された区域入りの消印が押されていた。

差し出し人にはキチンと現在の住所が。

「……生まれ変わっても知能指数は変わらないようね」

「微妙に字も間違っておるしな……」と、ため息をつくカグヤ。

「ウィルさんの消息もわかってよかったです♪」と、ソフィアは嬉《うれ》しそうだ。

2人は旅の仲間だ。共に行動することもあれば、しないこともある。

カグヤは月の女王。大蛇《だいじゃ》に変化すると天候を自在に操ることができる。月の自転（つまり月の1日）に合わせて、半月ごとに起きたり寝たりするという弱点もあるが、頼れる仲間だ。

ソフィアは魔法使《まほう》い。魔法都市クレアガーデンのお姫様で1、2の腕を持つ魔法使いだ。なにしろそれは100％だった。彼女は100％の確率で**魔法**を**失敗**させることのできる腕の持ち主なのだ。

しかも**潜在能力**だけは**ものすごい**ので、失敗魔法《まほう》の被害もただごとではない。

もっともスゴイのはそれを、

「失敗は成功の母です！」と、言い切れる彼女の前向きさであろう。

前向きすぎだった。

それはさておき、アリスは絵はがきをぴらぴらとさせてはため息をもらした。

「……ったく、何やってんのかしらねえ、あの2人は」

呆《あき》れている。でも、その顔はにこにことしている。

はがきを裏返すと住所を読み返して確認をし、時間も惜しいとばかりに立ち上がった。

「じゃ、みんな。さっそく迎えに……」

「まぁ本人たちが捜すなと言うておるのだし、放っておくとするか」「はい」

アリスはマンガみたいにズッこけた。

「なんでよ⁉」

しかしカグヤとソフィアは互いの顔を見合わせて、

「本人の意思を尊重したままでだが」「はい」

捜しに行く気はないようだった。

「だって、あの2人よ⁉　放っておいたら何をしでかすか……」

「改心したらしいではないか」

「そんなわけないでしょ！　今頃《いまごろ》絶対、人に迷惑かけてるに違いないわ！」

カグヤはそれを喜んだ。

「よいではないか、お前の代わりの犠牲者《ぎせいしゃ》ができたのだぞ」

「うっ……」

アリスはたじろいだ。

それを見て、カグヤはますます顔をにやにやさせた。

「2人の安否も確認できたのだし、女3人、気ままな旅をするかのう」「ええ」

「え〜っ！」

アリスは困った顔をした。捨てられた子犬《こいぬ》のような、というヤツだ。

「かまわぬだろう。本人たちが捜すなと言うておるのだからな」「そうですね」

「おぬしが逢《あ》いたいから捜しに行きたいというのであれば、話は別だが」「はい〜」

にやにやと、にやにやとした視線が2つ、アリスに突き刺さる。

まるで2人の目から赤外線が出ているみたいに、見つめられるほどアリスの頬《ほお》はぽっぽと火照っていった。

「もーっ！　いじわる!!」

アリスはやっと、2人の笑顔の理由に気付いた。

「そ、そうよっ！　あたしがアークを捜しに行きたいのっ！　これでいいんでしょ！」

カグヤとソフィアは互いの顔を見合わせて、楽しそうに、

「初めから素直にそう言えばいいものを」「そうですよ」

「いいから行くわよ！　さっさと！　さっさと！」

「わかったわかった」「アリスさん、待ってください」

「も一っ、なんであたしがこんな恥ずかしい目に遭わなくちゃならないのよ！」

肩を怒らせながら、のしのしと歩いてゆくアリス。

その後ろをカグヤと、うきうきとした顔のソフィアが続いた。

（ウィルさんに逢《あ》える。やった♪）

ちなみにソフィアはまんまと本音を隠したまま、目的を達成できるのだった。

しかし——、

♥

「ここか」

住所の場所には教会があった。

ヨーデルが聞こえてきそうなのどかな山あい。村から少し離れた場所にひっそりと立てられた教会の庭では、清楚《せいそ》な制服に身をつつんだ少女たちが清掃をしている。

アリスはその1人に声をかけて、代表の人に面会を申し入れた。

この教会を治めているのは、黒百合《くろゆり》という女性だと教えられた。

部屋に通されると、見覚えのある顔があった。

「久しぶりだな」

「あなたはこの前の！」

アリスはびっくりしたが、黒百合は微笑した。

相変わらずの凛々《りり》しさだった。

「逢《あ》いに来たのか。存分に再会するがいい」

「ホントですか！」

「ああ」

黒百合は胸を張ると、そばにいた少女に鍵《かぎ》を持ってくるよう言い渡した。

アリスはホッとした。

文面を見るに、変なことをされているのではないかと気が気でならなかったのだが、黒百合の態度に不安も氷解した。

アークたちがいる館《やかた》も、高い壁《かべ》で囲まれているとか有刺鉄線が張り巡らされているとか、そういうことはなく、壁も床もキレイに磨き上げられていて、さわやかな印象を与えた。

「アークはここにいる」

言われて、アリスは扉を開いた。

本当に彼はそこにいた。

「アーク！」

嬉《うれ》しくて駆け寄ろうとしたアリスは、彼の第一声を聞いた。

「いやあああああ！　来ないでええええええええええええええええ！」

アリスを見るや、アークは椅子《いす》から立ち上がり、絶叫したのだった。

絹を裂くような悲鳴というヤツだ。

「………」アリスは目が点になる。

アークは逃げだそうとするのだが、狭い面会室ではその場所もない。きょろきょろと視線を右往左往させたあげく、机の下に隠れる。

「も～っ、相変わらず冗談きついわね」

やれやれと肩をすくめ、アリスはアークの背中をちょんとつついた。

――だけだったのだが、

「ぎゃあああああああああああああああああああああああああ！」

天井がみしみしと震《ふる》えるぐらいの悲鳴だった。

「へ……？」

アリスは目を点にした。

亀《かめ》の甲羅《こうら》のように机を背中にしょったアークは、部屋の隅まで逃げ込んで震えた。

がたがたと机が音を立てている。

「もういいから冗談は」

返事はない。

「アーク」

机に手をかけて、身を乗り出して、顔をのぞき込んでみる。

「ぎゃあああああああああああああああああああああああああああああ！」

部屋の右奥へ。

「アークっ」

今度は横から顔を。

「ぎゃあああああああああああああああああああああああああああああ！」

部屋の右手前へ。

「アークぅ」

「ぎゃあああああああああああああああああああああああああああああ！」

部屋の左手前へ。

「ちょっとアーク！　いったいどうしちゃったのよ〜〜〜〜っ!?」

「奴《やつ》は真人間に生まれ変わったのだ」

アリスの肩をぽんと叩《たた》いたのは、黒百合《くろゆり》だった。

とっさになんと言っていいのかわからず、アリスは口をあうあうさせた。

「なんだ、礼はいらぬぞ」

「って、これのどこが正常なのよ!?」

「もう奴《やつ》は二度と性犯罪を犯すことはない。まっとうな人間に生まれ変わった証《あかし》だ」

「どこがまっとうなのよ!」

アリスは部屋の隅でガクガクブルブル震えるアークを指さした。

黒百合はむしろ誇らしげに、

「健全な反応ではないか」

「完全なコミュニケーション不全じゃないの! 人と話もできなくて健全なわけないでしょ」

「大丈夫だ。こいつが苦手なのは女だけだ」

「へ……?」

「アーク、迎えに来たよ……」

アリスが入ってきたのとはまた別の扉が開いて、少年が現れた。

「ウィルさん!」

ソフィアは名を呼んで、驚《おどろ》きに言葉を失った。

別人かと思った。

彼女たちの知っているウィルは、やんちゃ坊主を絵に描いたような男の子だ。血色もよく、快活な表情が憎めない、そんな少年だった。

ところが目の前にいる彼ときたら、痩《や》せたのか、頬《ほお》がすっかり削《そ》げ落ちている。幼さとやんちゃさのまったく抜けた、さわやかな顔立ちなのだ。

「ウィル！」

彼の声を聞いて、アークは救われたかのような笑顔を見せた。

机の下から飛び出して駆け寄ると、ウィルを固く固く抱きしめたのだ。

「はあっ!?」

「怖かったよう、ウィル」

「もう大丈夫だよ、心配しないで」

ウィルは嫌《いや》がることなく、アークを受け入れ、背中をなでている。

それどころか優しい顔をしている。

見ると、着ている服まで一緒だ。

作務衣《さむえ》に似た半袖《はんそで》の白いシャツとズボン。首に巻いたチョーカーまで揃《そろ》いなのだ。

「ちょ、ちょっとウィル、これどういうことなの」

「アリスさん、僕たちのことは放っておいてください」

「アリスさ……ん？」

ウィルの口から発したものとは思えない敬称に、アリスは口をあんぐりさせた。

呆然《ぼうぜん》とするアリスの前を横切って、２人は扉の向こうに消えていった。

「ちょっと……！」

追おうとしたアリスを、黒百合《くろゆり》が止めた。

２人の生活している部屋をのぞける窓があるというのだ。

廊下から、のぞきこんでみる。

部屋の中で２人は互いの手をしっかりと握りしめ、そして、見つめ合っていた。

「こ、これは……！」

驚愕《きょうがく》の表情で尋ねるアリスに、黒百合は自信満々と。

「男は男同士で愛し合えば、害もないというもの」

ぶちゅー、と窓の向こうでキスなどしてみる２人の姿。

「いやあああああああああああああああああっ！」

今度の悲鳴はアリスが上げた。

ちなみにアークとウィルの抱擁《ほうよう》写真は乙女たちの間で売買されていた。

「これよ」

黒百合が写真を見せる。

互いに服を着せ合う２人、ひなたぼっこをする２人、お菓子を互いの口元に寄せ合う２人、

なんでか写真ごとに服が脱げている2人、しまいにはトランクスひとつになる2人。

クラッ、とアリスは失神しそうになった。

そんなアリスに、黒百合《くろゆり》は言った。

「人間、いずれは変わるものだ」

「変わりすぎよ!!」

そんな女たちを尻目《しりめ》に、
2人は長い抱擁《ほうよう》と、長い長いキスを終えると「お腹空《なかす》いてない?」「ううん、もっとウィルと話がしたい」とベッドに座って、おしゃべりを始めたのだった。

その姿のなんと微笑《ほほえ》ましいこと……。

「……あ……ああ……ああ」

目を白黒させるアリス。白黒どころではない、顔は赤くなったり青くなったりした。

アリスは強烈な危機感を覚えた。

(や、やばい……)

扉を開け、アークたちの許《もと》へ。

「ちょ、ちょっと暑いから脱いでみようかなあ……」

手をぱたぱたとさせながら近づいていくアリス。横目でアークを見る。

無反応。

ボタンをひとつふたつ外しながら、ちらりと胸元を見せてみたりする。

無反応。

「ふ、服の上ぐらいからなら、触ってても許してあげよっかな」

無反応。

ががががが――――――――――――――――ん。

いきなり大地が割れ、底に広がる地獄《じごく》に堕《お》ちてゆく感覚。

灼熱《しゃくねつ》のマグマ、無限の奈落《ならく》、深い闇《やみ》。

アリスは恋心から乙女のプライドから、なんもかんもが一度に粉砕されてしまった。

「いーや――――――――――――――――っ!」

青天の霹靂《へきれき》とはこのことだ。

ふらふらと真っ白になったアリスは、部屋を出て行く。

「大丈夫ですか、アリスさん」

ソフィアがあとを追った。

「どうしたもんかのう……」

つぶやくカグヤは、やれやれとため息をついた。

♥

「ふう……」

村まで降りたアリスたちは一晩の宿を取った。

風呂《ふろ》に浸《つ》かると、自然とため息がもれる。

暖かいお湯に身をひたすと、身体《からだ》の細胞という細胞から疲れが染み出ていく気がした。

それほど大きくない宿屋である。

風呂場の広さも一部屋ほどであったが、先客はなく、手足を伸ばすには充分な大きさだったので、アリスはしみじみ満足した。

首までたっぷりとつかり、そして、鼻の下までお湯に浸かる。

独り言をつぶやく。ぶくぶくと泡がたった。

「…………」

不意に、えもいわれぬ寂しさが押し寄せて、アリスは自分の腕を抱き寄せた。

ガラリと扉が開く。

「あらま」

どこかで聞いたような声に、アリスは視線を泳がせた。

華麗《かれい》に張り出したダイナミックな胸。

「あ、あんたは！」

「アリス、ひっさしぶり〜っ」

ルビィはとびきりの笑顔を見せると、ぴょんとジャンプして湯船に飛び込んだ。

ばしゃーんとお湯しぶき。もろにかぶるアリス。顔からびしょびしょ。

「こんなところで逢《あ》えるなんて、ホント奇遇だねぇ〜」

「そ、そうね………」

閉口するアリスにかまわず、ルビィはぎゅうぎゅうと抱きついた。

相変わらずの一方的ぶりに、アリスは半眼になった。

「あんた、前回あたしたちにしたこと覚えてる？」

「ん？」

「……いや、なんでもない」

アリスは諦《あきら》めたように首を振った。

屈託なく笑うルビィの目は色ガラスのように澄《す》んでいて、無邪気そのもので、何の悪意も見いだせない。つまり天然ということだ。

ナチュラルに人に迷惑をかけてしまう。

（余計タチ悪いなぁ……）思うのだが、今のアリスにはどうでもいい。そんなことに心を振り向けている余裕がない。

「はあ……」

深い、深いため息をつく。

「どったの？」

心配そうに聞いてくるルビィに、アリスはこれまでのいきさつを話して聞かせた。

「アークが男に走った？　何それ！　サイコ～っ!!」

大爆笑《ばくしょう》された。

「笑いごとじゃないでしょう！」

「な、何言ってるのよう。あっはっは。これを笑わないで何を笑うのよ。ひっひっひ」

手足をばしゃばしゃとさせながら、身をよじって笑い転げる。

「あんだけおっぱいおっぱい言ってたアークがよ。『ウィル……』なんて、どんな顔で言ってるかと思ったら、も～、耐えられな～い！」

「も一っ、笑わないでよ～っ！」

「安心しなよ、なんか変なクスリでも飲まされてるだけだってば」

「だって、この前の銭湯のこともあるし……」

「あれは関係ないって！」

「なんでルビィがそんなこと言い切れるの？」

「え？　あ、いや」

ルビィは困った。

（いまホントのことを話したら、絶対シャレにならないよね……）

言わないことにした。

「2人とも、ホントにそっちに目覚めちゃってたら、困るよねえ」

「もーっ、人が気が気でならないってのに〜！」

「そんなに心配なら、普段《ふだん》から優しくしてあげればよかったのに」

ぴしゃりと、ルビィは言った。

笑顔の真ん中にある目だけが笑っていない。視線にトゲを感じてアリスも声を低くした。

「……どういう意味」

「どうもこうも」

はぐらかすようなことを言いながら、ルビィはいきなりアリスの胸をわしづかみにした。

驚《おどろ》くアリス。

「びっくりした？」

「突然何よ」

「柔らかいなー、と思って」

ルビィは両手いっぱいにつかんだ胸をふにふにと揉《も》んでみる。アリスは声をもらすものの。

「ちょっとちょっと」

軽く抵抗するだけで、怒ったりはしない。

「あたいが触るのはOKなのに、アークはダメなんだね」

「当たり前でしょ！」

「どうして？」

「だって、アークは男じゃないの」

「そんな理由で邪険にするんだ」

「悪い？」

「アリスはわがままだね」

ぽつりと、ルビィは言った。

「な、なんであたしがわがままなのよ。あっちのほうでしょ、わがままは」

「話を聞く分には、あたいには黒百合《くろゆり》って人とアリスは同じに見えるな」

「どこがよっ」

「2人とも、都合のいいところだけ好きでいたいと思ってる」

「えっ」

数秒ほど、アリスは時を失ったように絶句して、首を横にふった。

「ちっ、違う……」

「どこが違うの？　実行に移したかそうじゃないかの差じゃない」

「あたしは……」

「アークに変わって欲しかったんでしょ」

「あんな変わり方じゃない！」

「もっと自分に都合いい変わり方をして欲しかった？」

「………」

アリスは返事ができなかった。

うつむくアリスを見て、ルビィは肩をすくめた。

「確かにアリスはアークが好きじゃないかもね」

「えっ」

「そんなの全然好きって言わないよ」

ルビィは立ち上がり、風呂《ふろ》場を出て行こうとする。

納得のいかないアリスは、彼女の手をつかもうとした。

「待ってよ、だったら何が好きって言うのよ」

「相手の全部を好きなことだよ」

ルビィは即答した。

その言葉があまりにも胸を刺したので、アリスはルビィが寂しそうな顔をしていたことにも気付かなかった。

ましてや、その理由など。

♥

「戻せないことはない」

ふたたびやってきたアリスに対し、黒百合《くろゆり》は返答した。

場所は教会の一室。彼女の執務室だ。

「首にしているチョーカーを外せばいい」

机の引き出しから鍵《かぎ》のようなものを取り出して、置いてみせる。

そして微笑する。

「だが戻してどうする？　元の木阿弥《もくあみ》だぞ」

「だって変よ！　あんなのアークじゃないし、ウィルでもない!!」

「もともとが変な人間なのだ。まっとうな道に戻せば変わりもする」

「そうだけど……」

うなずきかけて、アリスは首を横に振った。

ルビィの言う『好きとは相手の全部を好きになること』に同意したわけじゃない。

やっぱりエッチなのはダメなのだ。

けれど、無理矢理《むりやり》変えるのはよくないと思っている。

アークにはもっと普通になって欲しいけれど、その半面で、アークにはアークらしくあって欲しいとも思うのだ。自分でも矛盾している気がするけれど、確かにそう思うのだ。

ルビィと話していて、それがわかった。

「ダメだよ、あんなことしちゃ」

黒百合は一笑した。

「おかしなことを言う。それでさんざんひどい目に遭ってきたのはお前だろうに。また同じ目に遭いたいのか？」

「………それは」

アリスは口ごもった。視線を泳がせて、次の言葉を探す。

黒百合はふう、とため息をついた。

「迷うほどの意見に耳を傾ける必要はないな」

「待って、話を聞いて」

「迷うのはそれが正しいことではないからだ。お前は迷い、わたしは迷わない。正義がどちらにあるかは一目瞭然《りょうぜん》だろう。それに」

「それに？」

「我々は乙女の敵を許さない。たとえお前が許してもだ。それが白百合《しらゆり》さまの教えだ」

凛々《りり》しいまなざしもそのままに、黒百合《くろゆり》はきっぱりと断言した。

マントをひるがえし、部屋を出て行こうとする。

「待ちな！」

言ったのはアリスではなかった。

やたらと挑発的な声。木製の扉を蹴《け》破って現れた彼女を見て、アリスは驚《おどろ》いた。

「ルビィ!?」

「お待たせ♪」

ルヴィはアリスにスマイルを向けると、黒百合を睨《にら》み据えた。

瞳《ひとみ》には怒りの色。

「アークを取り戻しに来たよ！」

「なんだ貴様」

黒百合はバカにしたような目つき。

服を着ていることは着ているのだが、ほとんど下着姿としか思えないルビィの出で立ちは、貞節、禁欲、節制を旨とする——全身を衣服で包んでいる黒百合にしてみれば、破廉恥《はれんち》きわまりない格好であったからだ。

「ふうん、乙女騎士《きし》団ってやつは人を格好で差別するんだ」

「判断をするだけだ。犬と話し合っても時間の無駄だろう」

「なるほどね。あんたが犬ってわけだ」

ぴくり。

黒百合の頬《ほお》がひくついた。

「わたしが犬なら貴様はなんだ」しかし、平静を装う。

「なんだっていいよ。あたいはあたい。したいようにするだけ。手段は選ばないよ」

「……なるほど、ケダモノだな」

侮蔑《ぶべつ》の笑みを黒百合は浮かべた。

「なんとでも言いな。アークを元に戻してもらえればあたいはそれでいいよ」

ハン、と黒百合は鼻で笑った。

「貴様にわたしが論破できるとでも思っているのか」

「まさか」

ルビィは笑い飛ばした。

「この指輪、わからない？」

そう言って、右手を見せる。

「ルビィ、それって！」アリスにはわかった。

「ぴんぽーん」

軽やかに言うと、ルビィはとびきり意地悪な目をして答えたのである。

「魔王《まおう》を呼び出して来ちゃいました～♪」

「なんだと！」

黒百合《くろゆり》が叫んだ直後、血相を変えた少女が駆け込んできた。

少女は教会の北方――アルム山のふもとに魔王が復活したことを報告した。

「他《ほか》にわかっていることは？」

「いえ、今のところは……」

答えられないことに身を縮《ちぢ》こまらせる少女。

そこへルビィが挑発的な声で言う。

「ローゲロフト！　１ヵ月前にダナ・ヌイ王国を滅ぼした魔王だよ！」

「ル、ル、ルビィ～!?」

アリスは卒倒しそうになった。

「あ、あんた、何考えてんの!?」

「何って、アークを助け出すことに決まってるじゃない」

「だからって！　復活させるなんて!!」

かたや黒百合は怒りに目を剝《む》いた。

「貴様ァ！」

「言ったでしょ。あたいはしたいようにするだけ、手段は選ばないってね！」

「黒百合さま、どういたしましょう」

すがるような目をして、騎士《きし》団の少女が尋ねた。

「ローゲロフト……、藩王《はんおう》クラスの魔王だな」

いまいましげに黒百合は吐き捨てた。

この世界には101体の魔王がいた。

人間たちは、その格を自分たちの階級になぞらえてランク付けしていた。

藩王というのは下から数えたほうがよい階級の王である。

「軍隊にだって倒せないよ。アークたちを元に戻すしかないじゃない？」

「それで脅迫をしているつもりか？」

「そうでもしないと、頭の硬い人が話を聞いてくれないと思ってね」

「バカな女だ」

黒百合は傍らの少女に告げた。

「みなに脱出するように伝えろ」

冷静に告げた。

「教会を放棄するのですか!?」

こんな事態においても黒百合は迷わなかった。即断で行動する。

「命はひとつしかない。それが白百合《しらゆり》さまの意志だ」

「はっ！」

使命を得て走り出す少女。

「ちょっとアンタ！　アークを元に戻せば、魔王《まおう》なんて簡単にやっつけられるんだよ！」

「それが男の口実だ」

黒百合《くろゆり》はいまいましくも口走った。

「あいつにかけられた罪状はどれだけあると思ってる？　にもかかわらず、中途半端な取り締《し》まりしかしてこなかったのは、どの国の政府も奴《やつ》をいいように利用しようと考えたからだ。それが奴をこれまで野放しにしてきたのだ！」

「いいじゃないの。アークがあんたに何したよ」

「奴は女の敵だ！」

「ひとくくりにしないでよ。あたいも女だよ」

ルビィを無視して、黒百合はアリスに告げた。

「何をしている。お前も早く仲間を連れて逃げろ」

「でも……」

アリスはためらった。魔王が出現したというのに、逃げるわけにはいかない。

そう思う心があった。

「お前はただの少女でいたいのだろう。戦うことはない」

黒百合は告げる。

「あー、やだやだ」ルビィは肩をすくめた。

「なんであんたはそう命令ばっかりするのかなあ?」

「なんだと?」

「アリスがどうしようとアリスの勝手でしょ。どうして他人を支配したがるのさ」

「誰《だれ》が支配した」

「人を思い通りに動かすのを支配って言わなくてなんて言うのさ」

「魔王を呼び出した貴様が言うか!」

「そうでもしなきゃ、あんたらアークを自由にしないだろ」

黒百合は一笑に伏した。

「脅迫しているつもりか。下らない」

「あんたたちの戦力じゃ、魔王は倒せないよ」

「逃げればいいだけのことだ」

「あらま、逃げちゃうの?」

「魔王と戦うのは我々の使命ではない」

「そっか、男を血祭りに上げて鬱憤《うっぷん》晴らしをするのがあんたたちの使命なんだもんね」

「なんだと!?」

「そうじゃないか。勝てない相手には振るわない拳《こぶし》をあんたたちは正義って言うんでしょ」

「貴様！」

黒百合《くろゆり》はサーベルを抜いた。

「あらら、誇りを傷つけられたら剣を抜いてもいいんだ。ずいぶんと安っぽい正義だね」

「魔王《まおう》を蘇《よみがえ》らせた不届き者を始末するだけのことだ」

迷わず、ルビィに一突きを食らわせる。

避《よ》けようとはしないルビィに、アリスは叫んだ。

「危ない！」

にやりとするルビィ。喉元《のど》へ突き刺さらんとするサーベルの刃《やいば》。アリスは両手で顔を覆《おお》った。

だが——、
血は、流れなかった。

サーベルはルビィと皮膚《ひふ》一枚離れた壁《かべ》に突き刺さり、蜘蛛《くも》の巣のような亀裂《きれつ》を生んでいた。

それどころかルビィは、そうなることを読んでいたかのように堂々と、

「人は殺すなって白百合《しらゆり》さまに言われてるんだものねえ」

と、笑った。

「命令絶対人間も大変だわ」

「くっ」

「殺せばいいのよ。許せないなら」

挑発するように、ルビィは自分の胸を指さした。

「ルビィ！」

「いいのよアリス。手段は選ばないって言ったでしょう」

「でも……」

「中途半端な覚悟じゃダメなのよ。本気なら、覚悟しなくちゃ」

「何が覚悟だ！」

吠《ほ》える黒百合を、ルビィは鼻で笑った。

「レベルは同じでしょう？　あんたは気に入らない人間を始末して、あたしは目的のために魔王を呼び出す」

「罪の意識はないのか！」

「あんたにはないの？」

「私は正義だ！」

「そう言う奴《やつ》が一番ひどいことをするんだよ！」

言って、ルビィは煙幕弾を投げた。

破裂音がして、部屋中が白い煙に包まれる。

「行くよ、アリス」ルビィが手を伸ばした。

「行くな、アリス！」

煙の向こうから黒百合《くろゆり》が現れた。

「行ってどうなる？　魔王《まおう》を倒したところで誰《だれ》も認めはしないんだぞ」

その声に、アリスはたじろいだ。

黒百合は手を差し出した。

「大魔王になることをやめれば、元の少女に戻れるのだ。考えるまでもないだろう」

アリスはその手を……、

握らなかった。

「そう……、考えるまでもなかった」

言って、ルビィの手をつかむ。

「あたしは、アークを助けに行く」

「そうこなくっちゃ！」

2人は走り出した。黒百合は信じられないというような顔をして、白煙の中に消えていく影を見送った。

「愚かな——、なんて愚かな女だ」

♥

「アリス！」「アリスさん！」

騒《さわ》ぎを聞きつけたカグヤとソフィアと合流し、４人はアークたちが捕らえられている館《やかた》へ向かった。騎士《きし》団の少女たちは黒百合の指示通りに脱出作業に大わらわだったので、アークの許《もと》へたどりつくのには、何の障害もなかった。

「いやあああああああああああああああああああっ！」

女性恐怖症のアーク自身をのぞいては。

アリスが首輪の話をすると、カグヤが動いた。

ウィルがアークを守ろうと立ちふさがると、ウィルの首をつかんで首輪を調べたのだ。

「厄介じゃな。首輪から出ている針から変なクスリが出ているようじゃ」

「ええっ」

「うかつに外さぬほうがよいの」

「じゃあ、どうやって」

アリスは見回した。みんな、女だ。

だからウィルは自分がアークを連れて行くと言って聞かない。

「簡単ですわ」

ソフィアが進み出た。にこにことした顔で杖《ロッド》をかざして、一言。

「こういう時こそ魔法《まほう》の出番です」

「ちょ、ちょっとソフィア！」

アリスが止めに入る。

「大丈夫ですよ。アークさんには魔法でちょっと眠ってもらうだけですから」

「だから、あなたが魔法を使ったら……！」

「アリスさん」

「もう遅いです♪」

いつの間に呪文《じゅもん》詠唱を終えていたのか、ソフィアは杖《ロッド》を振り下ろした。

大・爆《ばく》・発《はつ》！

なんでか睡眠魔法をかけたはずなのに、大地を激震《げきしん》させ、叩《たた》き割るような衝撃《しょうげき》が襲《おそ》った。

上がる火柱。焼けこげた地面。立ち尽くすアーク。

そして、倒れる。

「……眠ることは眠ったようじゃな」

やれやれと、カグヤは肩をすくめた。

「きゃあああ！」

少女たちの悲鳴が上がった。

熱風が吹き付ける。記憶《きおく》にある匂《にお》いがする。まさかとアリスは振り返る。

猛烈な勢いで山肌《やまはだ》を駆け下りる灼《しやく》熱《ねつ》魔王がそこにいた。

赤色の獅子《しし》。その巨体は怪獣《かいじゆう》と称したほうがふさわしいか。

牙《きば》をむき、口を開くとともに、猛烈な火炎を吐き出す。

距離はまだ数キロも離れているというのに、彼が吐き出した火炎は散ることも弱まることもなく教会を直撃《ちよくげき》し、尖塔《せんとう》を吹き飛ばした。

粉々に飛び散る瓦礫《がれき》、バラバラと散る火の玉。悲鳴はますます大きくなる。

「逃げろ！　何も運び出さなくていい！　はやく逃げるんだ!!」

黒百合《くろゆり》は声を張り上げて、少女たちを叱咤《しつた》した。

「お前たちも逃げろ！」

アリスたちの姿を見つけて、駆け寄る。

「何をしている。焼き殺されるぞ」

「あたしが戦うわ。あなたはみんなを誘導《ゆうどう》して」

「アリス！　バカを言うな」

「いいのよ。みんなを救うためなら」

言い切るアリスの目に迷いはない。

「そんな義務はお前にはない」

「義務なんかじゃない。あたしがそうしたいと思うから、そうするだけ」

「ダメだ！　裸になって魔王《まおう》を倒すだなんて許さん!!」

「どうして!?」

「既成事実になるからだ。世界を守るためには仕方ない。そんな理由で女の身体《からだ》を軽々しく扱われてたまるか！　そうだろう？」

「自分の考えを守るためなら、世界が滅んでもいいなんておかしい！」

「お前はイヤではないのか！」

「あたしだってイヤよ！　でもみんなが苦しむのはもっとイヤ！　だから戦うの！」

「待て！」

「あなたに、あたしの自由を奪うことはできないわ」

言って、アリスは上着を捨てた。

「き、貴様……」

黒百合《くろゆり》は言葉を失った。

「オオオオオオオオオオオオオオオオオオン！」

会話を重ねている隙《すき》に、灼熱《しやくねつ》魔王は指呼の間にまで迫っていた。

怪獣《かいじゆう》と言ってもよいほどの巨体。それが牙《きば》を見せる。咆哮《ほうこう》する。地を這《は》うような火炎が伸びる。熱せられた地面が爆《は》ぜる。急激に熱せられた生木が老木のようにひしゃげていく。道が生まれる。その道を魔王が突き進む。焼き払われた木々を踏みつぶし、吹き飛ばし、自分と等しい力を持った敵を倒そうと迫る。

アリスの許《もと》へ！

激突する両者。

吹き飛ばされたのはアリスだった。

「――っ！」

天高く宙を舞ったアリスは、ボールのように地面を跳ねた。

ローゲロフトはその隣《となり》を駆け抜け、首をねじると、身体の向きを変えた。

再び、アリスを標的に収める。

短く唸《うな》る。頭を下げ、次の突進の姿勢を取る。

「う……うう」

アリスはまだ立ち上がれない。

「どういうこと！　アリスってこんなに弱かったの？」

ルビイは目を丸くした。

アリスはちゃんと上着を脱いでいる。スカートこそはいているが、それにしても発光が弱い。ほのかな桃色《ももいろ》が灯《とも》るだけで、魔力のほとばしりも霊圧《れいあつ》の息苦しさもない。

ルビイが以前に見たアリスはこんなものではなかった。

大魔王《まおう》が目覚めた時の彼女は、気を失うほどの霊格《れいかく》を顕現《けんげん》していた。

だが、今のアリスにそんなプレッシャーは感じられない。

「アリス！　もっと頑張りなさいよ！」

「そ、そんなこと言われても〜っ！」

アリス自身、わけがわからなかった。

カグヤが答えた。

「他人に脱がされたのと自分からでは、恥ずかしさも違うだろうて」

「そんなこと今さらぁ！」泣き言を言うアリス。

「カグヤさん！　いい考えを思いつきました」

ソフィアが嬉《うれ》しそうに手の平を叩《たた》いた。

カグヤに耳打ちする。

「なるほど、それは名案じゃな」

「ちょ、ちょっと、なにが名案なの!?」

いやな予感がするアリス。

「待っておれ、わらわが連れてくる」

カグヤは帯紐《おびひも》をほどくと、するっと飛び出し、蛇変化《じゃへんげ》をして、地中にもぐっていった。

「な、何を!? 何をするつもり!?」

「それは見てのお楽しみ、です」

ソフィアはにこりと笑った。

「や、やめて」

「アリスさん、魔王さんが来ますよ!」

「きゃあああ!」

ローゲロフトが突進してくる。アリスは血相を変えて逃げるしかなかった。

「いい時間稼《かせ》ぎになりそうです」

(うわ、なんだこの女……)

にこやかに言うソフィアに、ルビィは唖然《あぜん》とした。

いっぽう黒百合《くろゆり》は、それみたことかと侮蔑《ぶべつ》した。

「だから言ったのだ、愚かだと」

そして笑ってやろうとしたのだが、なぜかできなかった。

アリスが苦境に立っていることを悔しいと思う自分がいるのだ。

(何を感情移入している? 助けてやったのに、私を裏切った、あの女を)

(違う)

(アリスに比べて、私はなんだ?)

（ただ見ているだけの私に、人をバカにする資格があるのか？）
心が揺れる。秋風に飛ばされそうになる紅葉のように、揺れている。
黒百合《くろゆり》の胸に忸怩《じくじ》たる思いがあふれてきていた。
（白百合《しらゆり》さま……）
迷う心が光を求める。
（私は、どうすれば）
胸のうちに浮かぶ白百合は、涼やかなまなざしをするだけで、答えをくれない。
（白百合さま――！）
そこへ、カグヤが戻ってきた。
避難《ひなん》している最中であった、ふもとの村の男たちを追い立ててきたのだ。
「た、助けてくれ～っ！」
その数、およそ数百人。
「おおい、あれ見ろよ！」「素っ裸の子が！」「走り回ってる！」
彼らの視線は、アリスに止まった。
逃げ回りながら、ぽよんぽよんと弾んでいる2つの胸に。
「おおおおおおおおおおおおおおおおおおおおおおお――――――っ！」
さっきまで真っ青になっていた顔は、たちまち真っ赤に大興奮《こうふん》した。

蛇神《じゃしん》に追われていたことなど、ましてやここが戦場であることなど、すぽーんとトコロテンのように抜けてしまった、男衆はやいのやいのと盛り上がってしまったのだ。

「初めて見たぜ!」「これが大魔王《まおう》アリスか!」「魔王を倒してくれ!」「もっと脱げ!」

一部、勘違いもあった。

なんにせよ男たちの視線は赤外線のようにアリスの顔をぽかぽか火照らせた。

ソフィアが尋ねる。

「どうですアリスさん。力が出てきました?」

「出てきたわよ! 嫌《いや》んなるぐらいにっ!!」

「それはよかったです」

にっこりと、ソフィア。

(怖《こ》ええ……)ルビィは思った。

「あー、もう、最悪!」

桃色《ももいろ》に輝《かがや》いたアリスは、ローゲロフトに向き直った。

「クルーウアッハ(Cruach)!」

叫ぶや、黒色の龍《りゅう》が現れた。

噴《ふ》き出す魔力が黄金色に発光し、彼女の右腕に収まる。

鉄拳《てっけん》魔王クルーウアッハが彼女と1つになったのだ。

ローゲロフトはたてがみを逆立てて唸《うな》った。それは戦慄《せんりつ》か、恫喝《どうかつ》か。灼熱《しゃくねつ》の巨体が周囲の大気を燃やしている。その炎がますます猛《たけ》った。巨体を2倍、3倍に見せるほど燃えさかった。

「ウオオオオオオオオオオオオオオオオオオン！」

吠《ほ》えて、突進する。

負けじとアリスも腰を落とす。力は腕に。桃色《ももいろ》の光が拳《こぶし》に集束し、激突《げきとつ》する。

爆発《ばくはつ》する赤色と桃色。大地は激震《げきしん》し、土塊を巻き上げられ、突風が逆巻いた。

「あああああああっ！」

撃《う》ち負けたのはアリスだった。

コマのようにくるくる回って地面を転がり、止まりきれず、尻《しり》もちをつく。

「なんて強さだ……」

黒百合《くろゆり》はローゲロフトの力に呆《あき》れた。

アリスはすぐに立ち上がり、応戦する。

ドン！　ドン！　2人がぶつかり合うたびに両者の魔力圏《まりょくけん》が激突し、打ち上げ花火のような音を立てる。互いの魔力圏はほぼ互角。ローゲロフトの立てた爪《つめ》も、アリスの周囲に張り巡らされたバリアを破れずにいる。

しかし、アリスのほうがじりじりと押されていた。

「貴様、なんとかしろ！」

　黒百合はルビィの胸ぐらをつかんだ。

「なんとかって……？」

「貴様が呼び出した魔王だろう！　倒すなり殺すなり息の根を止めるなりあるだろう!!」

「へへへ……」

　ルビィは頭を掻《か》いた。

「笑ってる場合か！　アリスがどうなってもいいのか！」

「いや、だから、手段を選ばないって言ったでしょ、あたい」

「アークを戻せば片づけられるのか！」

　黒百合は鍵《かぎ》を取り出すと、ルビィに見せつけた。

「いや、アークの魔王兵器を使えば倒せるかなー、と思っただけで」

「なん、だと？」嫌《いや》な予感に黒百合は眉《まゆ》をしかめた。

「あたいにしても、呼び出したら最後、逃げ回るしかないんだよねー、あはは」

「あはは、じゃないだろ————っ!!」

　逆上する黒百合に、カグヤが教えた。

「いや、アリスの全力はこんなものではないぞ」

「方法があるのだな！」黒百合の顔に生気が浮かんだ。

「ないではないな」

「どうすればいい？」

「アークの首輪を外してはもらえぬか」

「わかった！」

黒百合《くろゆり》はためらわなかった。迷わずアークの首輪を外す。

「ん……？」

アークがゆっくりと目を開いた。

長い眠りから覚醒《かくせい》するかのように、首を振り、徐々に意識を取り戻そうとする。

のんびりと目を覚ますところだが、黒百合はそれを許さなかった。

「こんな時に何悠長に寝とるんだ！　早く起きんか、コラ〜〜〜〜ッ！」

平手打ちをべしししし、と食らわせるのだった。

ルビイは思った。

（……誰《だれ》のせいでそうなったと思ってるんだろ）

お前が言うか。

……なりゆきの是非はさておき、アークはしっかりと目を覚ました。

「いきなりなんだよ、いったい……」

その声は、洗脳下にあったときの弱々しいものではなく、みんなが懐《なつ》かしいと思っていた。

ちょっと乱暴で、むやみに呑気《のんき》で、愛嬌《あいきょう》のある声であった。

「って、どういうことだよ、これは！」

アリスの戦局は完全の危機にあった。

ついに桃色《ももいろ》の魔力《まりょく》圏が破られ、飛び込んだローゲロフトの前肢《まえあし》にアリスが殴り飛ばされていた。

「アリス、危ない！」

アークがダッシュした。

このままではアリスは岩盤《がんばん》に激突する。

なんでこんな状況になっているのか、記憶《きおく》がすっかり飛んでわけがわからなかったが、そんなことより目の前のアリスが大事だった。飛び出す理由はそれで充分だった。

魔力圏が回復しない状況では、ダメージは直接に肉体が受け止めることになる。意識さえあれば自然に取り戻せるものなのだが、吹き飛ばされたアリスからは発光が見られない。

気を失っているのだ。

彼女を守るため、宙を舞う身体《からだ》を受け止めようとアークは駆けだしたのだ。

「何!?」

黒百合は驚いた。

彼女の想像するアークに、アリスを辱《はずかし》めこそすれ、自分の身を挺《てい》して彼女を守ろうとするなどといったイメージはなかった。だから驚いた。

アークはアリスの身体《からだ》を受け止め、身体ごと岩盤《がんばん》に激突《げきとつ》した。

自分をクッションにして、アリスを守ったのだ。

「あ、うう……」

アリスは意識を取り戻した。

彼女の位置からは下敷きにしてしまったアークが見えなかった。宙を吹き飛ぶ自分をぎりぎりのところで受け止めたのだろう。相手の頭が胸に隠れているのだ。

そこまでして助けてくれたことに、アリスは感謝《かんしゃ》した。

「誰《だれ》だかわかんないけど、ありがと」

「どういたしまして」

「ぬっ!?」

声を聞いて、アリスの声音が変わる。

「その声は……」

すぽん、とおっぱいの谷間からアークの顔が飛び出した。

「アリス、無事か？」

「あ、ああ、あ、あああ……」

アリスはすっとんきょうな声を上げた。

アークが現れた驚き、元に戻っていた喜び、それがあまりにも大きすぎて、言葉が声にならないのだ。

いっぽうアークはサンドイッチ状態で、逃れようにも逃れられない。というか自分から逃れる気はまったくないようだ。

アリスが慌てて身を起こすと、ぷはー、と海面に顔を出したみたいに大きく呼吸をして、満面の笑みを浮かべた。

「いやー、この感触、懐《なつ》かしいなあ……」

「あたしを助けてくれたの？」

嬉《うれ》しそうに、恥ずかしそうに、アリスは聞く。表情はとても素直だ。

ところが。

「お前、また胸がでかくなってないか？」

「触っただけでわかるの!?」

「そりゃあ、当たり前だろ、俺《おれ》をなんだと思ってるんだ。お前の（胸の）成長を日々見守り続けてきた俺だぞ」

「あーりーがーとーっ！」

凄《すさ》まじい力のパンチでアークを吹き飛ばした。

立ち上がるアリス。

全身から凄まじい魔力《まりょく》が湧《わ》き上がっていた。嵐のような奔流《ほんりゅう》、アリスの肌《はだ》もこれまでにないほど色づいている。真っ赤な頬《ほお》。怒りと恥ずかしさに紅潮した乙女の純情だ。

「す、すごい……」

アリスから噴《ふ》き出す魔力に黒百合《くろゆり》はたじろいだ。するとアークは胸を張って、

「これが愛の力だ」

「違うわよっ！」

即座につっこむアリス。

そしてローゲロフトに対する。拳《こぶし》にこめる一筋の力。

唸《うな》りを上げて撃《う》ち込むクルーウアッハは、初めてローゲロフトを横転させた。

「おお！」歓声を上げる一同。

「揺れる揺れる」ひとりだけアホなことを言うアーク。

「もー、アークは黙《だま》ってて〜〜〜！」

言ってる間にアリスの魔力圏はどんどん拡大していく。

「さすがじゃな」カグヤが感心した。

「ん？　何がだ？」

「おぬしがいるとアリスの張り切りようが違う」

「そりゃそーだろー！　アリスは見られて喜ぶタイプだからなー」

「違うって言ってるでしょーがっ!!」

アリスの中にいる大魔王は覚醒《かくせい》するいっぽうだ。

「でも、魔王を圧倒するまでには至らないようですわ」

ソフィアが指摘する。

「あと一歩なのに！」

黒百合が泣きそうな声を上げた。

その通り。アリスは互角以上の力を見せるに至っても、ローゲロフトの周囲に展開した炎の魔力圏を突破するところまではいっていなかったのだ。

アリスの顔に疲労の色が浮かぶ。

戦いが長引けば、勝つのは強いほうではない。体力を残すほうだ。

「私が……愚かなことをしなければ……」

黒百合は震《ふる》える拳《こぶし》を握りしめた。その胸に無数の思いが駆けめぐり、渦巻く。

白百合《しらゆり》さまの教えは間違っていたのだろうか、それとも白百合さまの言葉を自分が間違った形で解釈してしまったのだろうか。わからない。何もわからない。

黒百合は苦悩した。頭をかかえ、何度も何度も首を振る。

ソフィアはそれを見ていた。

そして、きっぱりと言った。

「確かに、魔王《まおう》が蘇《よみがえ》ったのも、アリスさんが倒されそうなのも、黒百合《くろゆり》さんのせいですね」

「いや、魔王が蘇ったのはあたいの……」ルビィが言おうとするが、ソフィアは遮る。

「すべてはアークさんとウィルさんを誘拐《ゆうかい》したところから始まったのです」

「そうだ……私が、すべて悪い」

黒百合はがっくりと膝《ひざ》をついた。

ソフィアの言葉に、両手をつかなければ身体《からだ》を支えられないほどに動揺していた。

「そうです。あなたがすべての元凶です」

「ちょ、ちょっとソフィア、そりゃちょっと言い過ぎなんじゃ……」

「正義のために手を汚すなどと気取ったことを言いながら、自分たちは何も犠牲《ぎせい》にせず、他人にばかり犠牲を強いり……」

「その通りだ！　私は、間違っていた……！」

血を吐くような思いで、黒百合は叫んだ。

（今です！）

ソフィアの瞳《ひとみ》が輝《かがや》いた。

「アリスさんを助けたくありませんか？」

「え……。私にもできることがあるのか」

黒百合は頭を上げた。闇《やみ》に一筋の光明を見いだしたような表情で、ソフィアを見る。まるで救済を求める迷い子のような目をした彼女を、ソフィアは微笑《ほほえ》みで迎えた。

「はい」

ソフィアは天使もかくやの笑顔を向け、黒百合の耳に顔を近づけて、何かをささやいた。

黒百合は驚《おどろ》き、ためらいと戸惑いを見せた。

するとソフィアは自信をもって、もう一言をささやいた。

「アリスさんが勝つにはこの方法しかありません」

黒百合は覚悟を決めた。

「わかった！　待っててくれ！」

騎士《きし》団の少女たちを呼び寄せるべく、飛び出していった。

「な、何吹き込んだのよ、アンタ……」ルビィが尋ねた。

「それは見てのお楽しみ、です」

ソフィアはにこりと笑った。

（やっぱあんた怖いよ……）

ルビィはひや汗がなぜか垂《た》れてきた。

数分後。

アリスとローゲロフトの攻防続く戦場に、黒百合《くろゆり》が十数名の少女たちを率いて戻ってきた。

黒百合に言われるままに、何も疑わず、戦場に戻ってきた乙女たちは命令を求めた。

そんな彼女たちに黒百合は告げた。

「脱ぐのだ」

「ええっ⁉」

少女たちは驚《おどろ》いた。ルビィも驚いた。

黒百合は繰《く》り返した。

「アリスのように脱ぐのだ！」

言って、黒百合は思い切りよくブラウスを脱ぎ捨てた。

均整のとれた美しい肢体《したい》が太陽のもとにさらされた。筋肉質とまではいかないまでも、薄《うす》くお腹《なか》が割れている。無駄な脂肪のない身体《からだ》は彫刻にある女神のような美しさだった。

「アリスだけに恥ずかしい思いをさせるな。せめてその思いだけでも我らも分かち合うのだ」

「どういう理屈よっ⁉」ルビィは目を丸くした。

しかし少女たちは黒百合の言うことを疑ったりはしなかった。

「わかりました！」

少女たちは一斉に服を脱ぎ始めた。

いそいそと、いそいそと。

そしてみんな上半身を裸とし、

「脱衣完了しました！」

「よし、ただちにこの男を接待しろ」

「な、なんなの……」

思わずルビィはソフィアを見る。

彼女がひらめいた計画、それは裸の美少女にアークを接待させることでアリスの怒りをますますかき立てる作戦だったのだ。

黒百合に忠誠を誓う乙女たちは、スカートひとつという出で立ちで、せっせとアークのもとにはべり、やれマッサージ、やれお飲物はと接待を始め出したのだ。

たちまちアークの顔はでへでへとやに下がる。

それは、目の前いっぱいに咲き誇ったおっぱいの花にだけではない。

こうすれば魔王《まおう》退治の援護《えんご》射撃《しゃげき》ができるのだと信じて行動する少女たちの恥ずかしさやためらいに染める頬《ほお》の桜色が、アークのスケベ心をそそったのだ。

「うへ、オヤジ……」ルビィは呆《あき》れた。

呆《あき》れるどころでは済まなかったのはアリスのほうだ。

「ちょっと、あんたたち！　何やってんのよ!!」

「お前の援護をしているのだ！」黒百合が答えた。

声を裏返らせるアリスに、ひときわ大きな咆哮《ほうこう》を上げたローゲロフトが迫った。

よそ見をした彼女を、これまでにない隙《すき》があると判断したのだ。

思い切り逆立てたたてがみから魔力《まりょく》がほとばしる。ほとばしる魔力が赤色に輝《かがや》く。トドメを刺すには今しかない。そう判断したのだろう。その熱は1万度を超え、青白い炎が彼の身体《からだ》を包んだ。

「やばいよ、アリス！」ルビィが警告《けいこく》した。

だがアリスの頭の中は、美少女にかこまれてやに下がるアークでいっぱいだった。

（早く魔王を退治しなければ、アークがどんどん侵略されちゃう！）

そう思った瞬間《しゅんかん》。これまでにない力がアリスの中から生まれた。

全身をつつんでいた歌舞伎《かぶき》の隈《くま》取りのような紋様が吹き飛び、アリスは褐色の輝きに染まった。それは爆発《ばくはつ》のようだった。あたかも紋様が彼女の真の力を押さえ込む封印であったのかと思うほどに彼女から噴《ふ》き出す魔力の奔流《ほんりゅう》は、凄《すさ》まじい力の波動を生んだ。

その波動は彼女自身を酔わせた。背筋を走る快感に似た痺《しび》れにアリスはうっとりとした。それがこれまでにない力を得たことに対する陶酔なのか、人でないものに変質していく戦慄《せんりつ》なのか、アリスにはわからなかった。全身を突き上げる力の波動に、意識がどこかに飛んでいってしまいそうだった。

「どこがよ⁉」

ローゲロフトがその隙を逃すはずもなかった。牙《きば》を剥《む》き、青い火炎を放った。

だが、それが彼女に届くことはなかった。

彼女が手足を伸ばしたほどの距離を、魔法文字の連なる環《わ》がいくつもぐるぐると高速回転している。ローゲロフトが吐き出した火炎を、環が弾《はじ》き飛ばす。次々と！　次々と！

「す、すごい……」自分で驚《おどろ》くアリス。

「バージョンアップですわ」ぽんと手を叩《たた》くソフィア。

「こんなくだらないパワーアップ、嫌《いや》よ〜っ！」

「もう遅いですわ♪」

微笑《ほほえ》むソフィア。

迫るローゲロフトに対し、アリスは一撃《いちげき》の拳《こぶし》を喰《く》らわせるだけでよかった。

「ごめんね————っ！」

それほど余裕ぶっこきまくりのパンチでよかった。

魂をくだかれた魔王の最期はあっけのないものだ。ローゲロフトの巨体は散る花火のように華やかに四散すると、跡形もなく消失した。

「どうです、アリスさん？　わたしの作戦は」

褒《ほ》めてもらえるとばかりにソフィアが尋ねた。

「もー、いいから、みんな服着なさーい!!」

少女たちに怒鳴りつけるアリス。

支離滅裂《しりめつれつ》な戦いが、終結した。

♥

そして、ウィルも意識を取り戻した。

ひときわ喜んだのはソフィアだった。

「ウィルさんも元に戻ってよかったです♪」

「ほんまやで～。兄貴とラブってたなんて、たまらんでほんま」

「俺《おれ》のほうこそだよ！」

憎まれ口を叩《たた》き合うウィルとアーク。その光景が復活しただけでもソフィアは嬉《うれ》しい。

いっぽう、黒百合《くろゆり》はアリスに深々と頭を下げた。

「どうやって詫《わ》びたらよいのか。私にはわからない……」

「いいよもう、終わったことだし。気にしない気にしない」アリスは言った。

あまりに黒百合がしょんぼりと申し訳のない顔をするので、わざと笑って水に流そうとするのだが、余計に黒百合はそれでは気が済まないと恐縮《きょうしゅく》し、お詫びをさせてくれと懇願《こんがん》してくるのだ。

（意外と粘着質な人なのね……）とアリスは思った。

こういうのはどうだろう？　と黒百合は真剣な顔で提案した。

「アリスが戦うときは我らも裸になって、アークにはべるという作戦は」

「ごめんこうむります!!」

アリスは本気で拒絶した。

「そうか？　お前も強くなるし、いい作戦だと思うんだが」

黒百合はかなり本気だ。

「あたしの問題はあたしたちで解決するから、黒百合さんはもっと力ない女の子たちを救ってあげてくださいっ！」

「わ、わかった……」

しぶしぶうなずく黒百合。口調に未練を残しながら。

それを見て、ルビィが感想をもらした。

「なんか、彼女たちが一番変わっちゃったね……」

「まあ何かを信じているものほど、変わるのも一瞬《いっしゅん》じゃからな」と、カグヤ。

「これも報いというものですよ」

ソフィアが言った。

「報い？」

尋ねるルビィに、ソフィアはさらりと答えた。

「ウィルさんたちを変なふうにしたのですから、相応の天罰が落ちたのでしょう。ね?」

「ね、って言われても……」

ルビィはどう答えていいものだかわからず、心の中でつぶやいた。

(この子が一番怖いよ……)

3

第3話

「告白！　乙女心が大爆発!!」

「さて、どれから引き受けたろかいなあ〜」

宿屋の一室――しかも6人が足を伸ばしてくつろげそうな値の張るスイートで、ウィルはいたって上機嫌《じょうきげん》だった。

机の上狭しと並べられた手紙が、彼の眼前に広がってる。

「ど・れ・に・し・た・ろ・か・な♪」

モンスターが現れて困っている女の子からの涙で濡《ぬ》れた便せんとか、魔王《まおう》が封印されていそうな遺跡が見つかったから処理をしてほしいという嘆願書とか、もうかったるいから世界を滅ぼして欲しいという刹那《せつな》的なひきこもりからのメールなど、心を打つものからどーしようもないものまで、世界中から彼ら宛《あ》ての手紙が届いていた。

「なあ！　これなんか前金でギャラくれる言うとるで。ひょー」

「おぬしには紙の束《たば》が、宝の山に見えておるのだろうな」

ソファにはべっていたカグヤは、キセルを吹かしながら、フフ、と笑った。

「変な連中にからまれてひどい目に遭ったさかいにな。楽してばっちり儲《もう》けたるで〜」

「いいのかなあ……」アリスはちょっと困った顔。

「よいではないか。くれるものは素直に貰《もろ》うておけば」

魔王族の中でもアークのように人間に肩入れする者がいるように、人間社会も一枚岩ではない。口先ばかりで役に立たない政府に頼むより、被害も甚大だが魔王をしっかりと倒すアリスたちに助けてもらおうとする者もいる。転々と移動しているアリスたちのもとに手紙が届くのも、政府の思惑とは別に反権力側のネットワークが存在するからであり、各国政府にしたところで、アリスと魔王の戦いで敵国が滅んだりして得するところもあったりして、実に一枚岩ではなかったのだ。

一言で言えば、みんな自分の都合ばかりってことになるんだけれど。

部屋のいっぽうでは、ルビィがパンフレットを並べて、どれにしようか悩んでいた。

「ねえアーク。あたいたち、どこに新婚旅行いこっか？」

「だーっ！　誰《だれ》が結婚した!?」

アークがおもちゃにされていた。

「えーっ、もう忘れたの？」

「いつしたんだよ！　いつ!?」

「あたいの妄想記憶《きおく》の中で」

「だからそれはもうええっつーに！」

「おっかしーなー。あたしの中じゃ、アークが『それじゃ現実にしよう』って言ってくれるはずなのに……」

「おかしいのはお前の頭だ！」

「もー、アークったら照れちゃってぇ～」

なんでかルビィは喜んで、人差し指でアークの胸に『の』の字を書いたりする。

「つーか、お前！　いつの間になじんどるんだ!!　いつの間に仲間になった？　え？」

アークはアークで人差し指をつんつんとルビィの額《ひたい》に突きつける。

しかし彼女はなんもひるむことなく、アークに抱きつく。

「いいじゃないの～。袖《そで》すり合うも他生《たしょう》の縁《えん》」

「お前なんかと袖すり合いたくもない」

「胸ならいいの？」

「色仕掛けはいい！」

「大きすぎるのもダメなのね……」

服の上から持ち上げてみた胸を悲しそうに見下ろす。

「話をすり替えるな～っ!!」

「そうそう、あたいたちの結婚の話をしていたんだよね？」

「根本的に違う!!」

はぁはぁはぁ……。アークは肩で息をした。

そんな彼の顔をルビィは下からのぞきこんで。

「……酸素が足りないの？」

「違うわ」

「じゃ結婚♪」

「だからなんでそうなるんだーっ！」

「こんな会話をする2人だったが、5年後、玉のようにかわいい赤ん坊が……」

「だーっ！　勝手にナレーション入れんなーっ！」

「あははははは」

ルビィはアークが焦るほどにけらけら笑っている。

それを見て、カグヤも笑う。

「いいおもちゃだのう」

「……ったく、だらしないんだから、もーっ」

なんだかアリスは不満な様子《ようす》だ。

「なんだ？　妬《や》いておるのか？」

「ないわよっ」

アリスはムキになって反論した。

「だいたいあの子。魔王《まおう》を呼び出しちゃうような子よ。何するかわかんないでしょ。あたしは

アークがそそのかされてアホなことをしでかさないかどうか不安なの」

「魔王を呼び出したのがマズイなら、おぬしもそうじゃろ」

「あ、あたしは……！」

反論する間を与えず、カグヤは言った。

「正義のためなら、魔王《まおう》を呼び出してもよいのか？」

「…………うう」

アリスはバケツの水を浴びせられたような顔をした。

「おぬしも少しは見習ったらどうだ？」

「何を？」

「あれじゃ」

言って、カグヤは視線を向こうに泳がせた。

その先では、ルビィが相変わらずアークをおもちゃにしていた。

「アークが照れ屋ってのはわかってるから、何を言われても動じませーん」

「頼む。頼むから動じてくれ……」

「結婚してくれるんなら、動じてもいいわよ」

「おまえ、別に俺《おれ》のこと好きでもなんでもないだろーっ！」

「好き」

「ウソつけ！」

「どうして信じてくれないかなー」

「お前は俺で遊びたいだけだろ～？」

「まあ、それもある」

「ほらみろ」

「でもそれは理由の半分だよ」

（半分!?）

アリスはどきっとした。残り半分の理由ってなんだろう。アリスはルビィの次の台詞《せりふ》が気になった。しかしアークは、

「半分もありゃ充分だ！」

抱きつかれた腕をブンと回して振り払った。

「あンっ」

しかしルビィはちょっぴりも傷ついた様子《ようす》を見せない。今度は恋する乙女の瞳《ひとみ》をして、

「残りの半分は、純粋な愛」

などと言う。

つぶらな瞳がぱちぱち瞬《また》く。

「いい加減にしてくれ～っ！」

「あん、アーク、待ってよ～っ！」

逃げだすアークをルビィは追った。

「ちょっと」

そのルビィの襟首《えりくび》をアリスがつかんだ。

「何？　あたいに用？」にこにこ笑顔で尋ねるルビィ。

「話があるの」

「OK。ここでする？」

すると、アリスは恥ずかしそうに声を細めた。どんな話をするつもりなのか。

「……できれば、2人っきりがいいんだけど」

「いいよ～」

「場所はあなたが決めていいから」

「んーと。それじゃあねー」

ルビィが思いつきそうな場所といえば、アレしかなかった。

♥

「やっほーー！」

ざばーん！　と、ひときわ大きなお湯のしぶきが上がった。

タオルをブン回しながら子供のように飛び込んだルビィは、思いっきり伸びをする。

「う～～～～～んっ、やっぱりお風呂《ふろ》は宿屋のでっかい風呂に限る～っ！」

隣《となり》には、頭からお湯をかぶったアリスがいる。

「…………………」

「熱くもなくぬるくもなく、湯加減もいい感じだよね、アリス♪」

「言うことはそれだけ!?」

あっはっは、とルビィは笑った。

「ごめんごめん。裸になるとついはしゃいじゃうんだよねぇ〜」

「子供じゃあるまいし……」

「あ、背中流してあげよっか？　ひとりだと洗えない場所もあるでしょ」

「ちょっとは人の話、聞きなさいよ!!」

とか、怒っていたくせに。

1分もすると、

「かゆいところはないですかー？」

「んーん、とってもいい気持ち〜♪」

アリスはルビィに背中をこすってもらっていた。

「このへんって、手が届かないもんねぇ」

言って、ルビィは肩胛骨《けんこうこつ》のあたりをこすった。

白く泡だったタワシが軽快な音を立てて肌《はだ》を滑っていく。シャッシャッとこするたびにアリスが気持ちのいい顔をするのでルビィも楽しくなってきた。その笑顔に「してあげている」とか「その後は自分にサービスして貰《もら》おう」という計算はない。自分がしたいと思ったからしているだけで、相手が満足してくれていることが嬉《うれ》しいのだ。

常に誰《だれ》かと触れていたい。

それは肌《はだ》と肌でもよいし、言葉でも、視線でも、なんでもいい。

相手の反応が怒りであってもよいのだ。

反応してもらえることが、彼女にとっては喜びだった。

「はい、終了～っ」

ひとしきりこすり終わって、お湯で洗い流す。

泡の下からは、摩擦《まさつ》で血行もよくなったピンク色の肌が現れた。

(うむ、我ながら上出来！)満足する。

もちろんアリスも天国気分だった。

「ありがと～」

ユルユルの声でつぶやいて、ハッと気付く。

「って、あたしは和みに来たんじゃない！　あんたと話し合いに来たのよ!!」

「……気付くのずいぶんと遅かったね」

改めて、湯船に浸《つ》かりなおした。

「ふう〜」

肩まで浸かったルビィは、全身にしみこんでくるようなお湯の快感に顔を上気させた。

「やっぱりお風呂《ふろ》は宿屋の……」

「また同じ台詞《せりふ》からやりなおすつもり!?」

「あはは、冗談よう、冗談」

「……だいたい、なんで風呂なのよ」

「家族風呂なら、２人っきりになれるじゃない」

「……宿の人に、変な目で見られちゃったわ」

思い出して、赤面するアリス。

そこそこの規模の旅館に泊まると、男風呂、女風呂の他《ほか》に家族風呂というものがある。

その名の通り、男と女の敷居を超えて親子水入らずで入るために作られた貸し切り風呂なのだが、たいがいの宿屋では親子でなくても利用できる。２人以上なら。

誰も入ってこない貸し切り風呂で、２人がナニをするかは、想像に任せよう。

アリスは受付にいた、噂《うわさ》好きそうなおばさんのことを思い出した。

ちょっと驚《おどろ》いてから『ゆっくり楽しんでね』と言った時の、あのにやにやとした顔を。

アリスはぶくぶくと泡を立てながら、顔の半分までお湯に浸《つ》かっていった。

「……絶対勘違いされてるわ……」

「あたしたち、本当のレズカップルなのにね」

「違あ～～～～～～～うっ！」

思いきりお湯しぶきをたてて、アリスは立ち上がった。

「あんたいつから路線変更したのよ⁉」

するとルビィは面白《おもしろ》がって。

「ああ、アリスちゃんのって、柔らかくて素敵《すてき》……」

などと言い、うっとりとしたまなざしでアリスの懐《ふところ》へしなだれかかるのだった。

「なっ、何してるの！　やめっ、やめなさいってば‼」

ルビィはうつぶせで枕《まくら》に倒れ込むような仕草《しぐさ》でアリスの胸に触れる。

さっきまでアリスを恍惚《こうこつ》とさせたテクニックをつかって、マッサージを始めたのだ。

「あっ」

思わず、声を上げてしまうアリス。

「そんだけ大きかったら凝《こ》るよねえ」

「ちょ、ちょっとお」

「あたいに任せといてよ」

「あんっ」

ルビィの手は胸から肩へと回り、また肩から胸へと戻り、アリスをマッサージした。

これが実によく効いた。

たとえば1キロの胸というのは、1キロの荷物を常に抱えているのと同じで、ものすごく肩に負担がかかる。赤ちゃんを孕《はら》むと腰にダメージがくるのと同じだ。《魔王《まおう》の心臓》のおかげで肉体能力が強化されているといっても、Eカップともなれば、当然肩が凝った。

ルビィの押すツボは実に的確で、痛くもなく弱くもなく、たちまちアリスの頭を真っ白にさせてしまった。お湯の気持ちよさもあって、彼女は眠るような陶酔に襲《おそ》われた。

どさくさまぎれにアリスのおっぱいを触ったり、つまんだり、揺らしたりしてもてあそんでみたりしたのだが、それでも気付かれないぐらいにうっとりとさせてしまったのだ。

「ああ……」

そんな声がもれたりする。

「お客さん、そろそろ時間ですよ」

ガラリと扉を開けて、おばちゃんが声をかけに来たのは、そんな時だった。

「あらま」「うわ」

おばちゃんとルビィの声が交錯《こうさく》した。

調子にのったルビィは、あまりの気持ちよさにアリスが気を失ったのをいいことに、彼女を押し倒し、その乳首に舌をはわせていたりなどしていたからである。

アリスが目覚めた。

目が、合った。

「る、る、ルビィ〜っ!!」

絶叫するしかなかった。

♥

「うう、痛い」

頭にできた、でっかなたんこぶを、ルビィはさすった。

「痛いに決まってるでしょ！　もーっ、何考えてんのよ!!」

「どこまでやったらアリスが起きるかなーと思って、えへへ」

まったく悪びれた様子《ようす》もない。

「話をしようと思ってたのに、背中を揉《も》んでもらえるわ、肩こりが取れるわ……」

「いいことばかりだね」

「そうだけど……って、違うでしょ！」

だんっ、と机を叩《たた》く。

「ごめん。えへへ」

謝《あやま》ってるのに、ルビィは笑う。

アリスをバカにしているのではない。叱《しか》られて喜んでいるのだ。

「……調子狂うなあ」

怒ろうとしたはずのアリスも、中途半端な表情をする。

人なつこそうな顔をするルビィを見ていると、なぜか、憎めなくなる。

だから、言い出そうとしたこともくすぶって、自分の中で不完全燃焼をおこしてしまう。

マンガなら頭の上から黒い煙がブスブスと上がっているところだ。

「アークのこと？」

ルビィのほうから察しをつけてきた。

「ち……」

違うわよ！　と条件反射しかけて、アリスはカグヤの言葉を思い出す。

ぐっと言葉を吞《の》み干す。

「……な、なんでわかったの？」

「アリスがつっかかることなんて、それしかないじゃない」

「そ、そんなにあたし、単純かなあ？」

アリスは驚《おどろ》いた。

（これほど自覚のない子も珍しいな……）

とか思いながら、ルビィは言う。

「いいじゃない。それだけ好きなんでしょ」

「す、好きってわけじゃ」目をそらす。

「じゃ、あたいが貰《もら》ってもいいんだ」

「え、それは！」

言いかけて、アリスは自分の口を塞《ふさ》いだ。

「それは……何？」にまにまとした顔で、アリスの顔を見やる。

「……な、なんでもない」

「じゃ、貰ってこ」

「ダメーっ！」

「なんで？」

「だ、だって、あなた面白《おもしろ》半分でアークのこと好きなんでしょ？」

「あとの半分は本気だって言ったら？」

「えっ」

アリスは言葉を失った。

それがかなり真剣な、割れる寸前の氷のような張りつめた表情をしていたので、ルビィは。

「も—っ、冗談よう！」

笑い飛ばした。

「面白いからつきまとうけど、恋してるほどでもないったら。ホント、遊んでるだけ」

するとアリスはホッとして、青ざめた分だけ赤くなった。

恥ずかしくなったのだ。

「も—っ、紛らわしいことしないでよ！」

「なんで？」

「勘違いするでしょ！」

「本気のほうがよかった？」

「そうじゃなくて！」

「じゃあ、アリスは何をしてあげてるの？」

話しているうちに、ルビィはちょっと呆《あき》れてきていた。

「アリスはアークに何をしてあげているのよ」

「な、何をって……」

「アリスにとってアークは何なの？　夫婦？　恋人？　それともただの仲間？」

「そ、それは……」

とっさに答えることができず、アリスはたじろいだ。

言い張りたい言葉はある。

けれど、自信がない。

だから臆病《おくびょう》な子供のように肩を落として、唇《くちびる》をすぼめる。

でも、ルビィは容赦《ようしゃ》をしなかった。

「アークはあんなに好きだって言ってるのに、なんで応《こた》えてあげないのさ」

「だっ、だって、あんなの違うよ！　アークったら、エッチなことばっかりするんだもん！」

「それがなんだってのさ」

ルビィは人差し指で、アリスの胸をつついた。

綿のシャツを通して、柔らかい胸がぽよんと弾む。

「もったいぶるほど大層なもんなの？　これって」

言って、手の平でつかむ。

「…………」

アリスは困った表情をしながら視線を落とした。無造作につかまれた胸がある。何も感じない。カタマリと言えばただのカタマリだ。そう考えると、ルビィの言うことにも一理あるような気がしてくる。悪いのは、やっぱり自分のほうなのだろうか。

「立場を逆にしてみなよ」

「えっ……」

アリスは考えてみる。

すると何を思いついたのか、顔をぽっぽと火照らせた。

それでも真剣に答えなければと思って、勇気を出して言ってみる。

「……あ、あたしがアークの大事なところを触ったらってこと？」

「そうじゃなくて！　アークの気持ちだよ！」

「あ、そか」

勘違いだとわかって、アリスは余計に顔を真っ赤にさせた。

「自分だったらどうする？　好き好き言ってるのに、すげない反応ばっかりされたら」

「それは……」

悲しいに決まってる。

たとえ冗談でもアークから冷たい言葉を言われたら、毒をかけられた花みたいにしぼんでしまう。辛《つら》くて、苦しくて、やるせなくて、心が切り刻まれるような思いになる。

仮定の話だというのに、アリスは思い浮かべるだけで切なくなった。

ルビィは（自分の言いたいことは伝わったな）と思い、にこりと笑った。

「そういうことだよ、アリス」

「うん」

「スケベじゃない男だっていいるんだ。スケベな男がいたっていいじゃない」

「それは違うよ～っ！」

アリスはきっぱりと否定した。

「あたいは違わないと思うけどな～」

「違う！　絶対《ずうぇーったい》に違う！」

アリスがムキになって抗弁するので、ぷっ、とルビィは吹き出してしまった。

「わ、笑わないでよ。あたし、真剣なのに」

「ごめんごめん。まあ、そのへんはどっちでもいいよ。あたいが言いたいのは、とにかく素直になりなってこと」

「素直？」

「言いたいことは言えるうちに言っておいたほうがいいよ。言えなくなる時だって、いつか来るんだから」

やけに断定的に言うので、アリスは気になった。

「どういう意味？」

「なんでもないよ、言い過ぎちゃった」

ごまかすようにルビィは笑った。

♥

ごくり、と息を呑《の》む。

どくん、どくん、どくん、どくん、どくん、どくん。

こんなに緊張《きんちょう》したのは高校受験の合格発表を見に行った時以来かもしれない。心臓が飛び出しそう、という言葉は今みたいな時に使うのかなとアリスは思った。不思議と戦ってる時にはこんなに怖《お》じ気づいたりはしなかった。戦う時はいつも無理矢理《むりやり》だったし、そうする以外に道はなかったから、前進できた。

しかし、今は回れ右ができる。

あと数歩の距離に彼がいる。ソファに寝転がって本を読んでいるアークがいる。部屋には誰《だれ》もいない。自分とアークの2人しかいない。彼に向かって自分の気持ちを言う。答えが出る。大丈夫なはずだ。たぶん大丈夫なはずだ。アークは毎日のように「好き好き」と言ってくれているのだから、困った顔をされることはないはずだ。99％は確かだ。だから成功は約束されているも同じなのだ。

なのに。

アリスは一歩が踏み出せずに、棒を呑んだように立ち尽くしている。

怖いのだ。

「ばーか、好きだなんて冗談で言ったに決まってんだろ。本気にすんなよ」

笑うアークの姿を思い浮かべて、身体《からだ》をすくませているのだ。

勝手な想像だということは自分でもわかっている。不安になりすぎなこともわかっている。

でも、不安なのだ。

他人がどんなに笑ったって、そんなの隕石《いんせき》が頭にぶつかるほどの確率だと言われても、怖いんだから仕方ない。

それほどに好きなのだ。

だから、言えない。

一歩踏み出しては、その足を戻す。

逆の足を踏み出しては、その足を戻す。

そんなことを時計の秒針が何回転もするほど繰《く》り返して、

(やっぱりダメだぁ)

くるりと踵《きびす》を返して、自分自身に撤退《てったい》命令を下した。自分は腰抜けの兵隊だ。

「ちょっと待った」

こっそり後をつけてアリスを監視《かんし》していた者たちがいた。カグヤ、ルビィ、ソフィア。背後からアリスを見守っていた3名の憲兵隊は、6つの目で部屋から逃走するアリスを凝視《ぎょうし》した。

「うっ」

アリスは部屋の扉にいた彼女たちの脇《わき》をすり抜けようと身をかがめた。

ひょいっとカグヤに首根っ子をつかまれた。

武士の情けか、カグヤはアリスを廊下に連れ出した。

「……素直になるんじゃなかったの？」

ルビィが呆《あき》れた目で見つめている。

「素直に……」

なれないよう、と消え入りそうな声でアリスはうつむいた。

「どうしても言わないとダメかなあ？」

情けない声で言う。子犬《こいぬ》のように助けを求める目をして。

「……いい加減、おぬしも白黒つけたほうがよいのではないか？」

カグヤはため息をつきながら髪に手をやった。

「おぬしがそれでは、アーク殿に同情するしかないな」

「そんな。あたしだって……」

アリスは自分の不安を口にした。

思い切り笑われた。

「だ、だって！　ゼロじゃないでしょ！　確率は」

「アーク殿に限ってそれはありえぬじゃろ」

「それによ！　ＯＫしたら、アーク、すぐにエッチなことしてきそうじゃない」

「よいではないか」

「ダメ！　そんなの嫌《や》だ」

「難しぃのう……」

性に大らかすぎるカグヤとルビィは顔を見合わせる。２人にしてみれば、そんなものは適当にいなしておけばいい問題だ。好き合った成り行きでするものなのだから、お互いの気分がのらなければ、この次にすればいい。いいいいいい、それでも仲良くいられるのが恋人というものだ。

アリスには、その自信がない。

だから、しょんぼりと言う。

「……それでアークに嫌われるの、やだもん」

カグヤは苦笑した。

「ひ、ひどい。あたし、真剣なのに」

「ああ、すまぬすまぬ。おぬしのことを笑ったのではない」

自嘲《じちょう》するように、カグヤは謝《あやま》った。

（わらわにも、おぬしぐらい純情だった時代があったことを思い出してな）

そう思い、彼女の頭に手をやる。それぐらいの身長差だ。

（こうしてみると、妹みたいじゃな）

それもいい、と思い、カグヤは姉のように諭《さと》してみようと思った。

「自分の気持ちは秘密にしておいて、相手にばかり変わって欲しいというのも虫のよい話じゃろ。好きなら好きだと言って、その上でお願いすればよいではないか」

「それで嫌われたらどうしよう……」

心細げに言うアリスは、弱気の城の虜《とりこ》のようだ。

カグヤは軽く息をつき、あえて厳《きび》しい言葉を叩《たた》きつけた。

「そうやって、どこまでも相手のせいにするつもりなのか？　おぬしは」

「ち、違うよ」

「違わぬ。アークのせい、アークのせいと言ってるも同じじゃろう」

言葉は矢のようにアリスを射抜いた。

「…………」

アリスはびくりと立ち尽くした。そんなこと考えたこともなかった、そう言いたげな表情をしている。カグヤの言う通りだ、とも思う。

わなわなとする唇《くちびる》は言葉を探している。逃げ口上じゃない。今の自分に必要なのは、決意の言葉だ。

「わかった」

笑顔を作る。不安はある。それを乗り越えなくちゃ。自分が動かないかぎり、何も変わらないんだ。そう思った。

ガッツの握り拳《こぶし》を作って、一言。

「ありがとう、あたし、言ってくる！」

駆けだした。

「やれやれ、じゃな」

カグヤとルビィは互いを見合わせて、笑いあった。

今度の今度こそは大丈夫だろう。

そう思ったのだ。


1分後。


「やっぱり言えないよ～っ！」

泣きべそをかきながら逃げ帰ってくるアリスがいた。

出迎えてくれたのは、冷たい目。

「もう知らん！」

「あたいも〜」

もうお手上げという感じで、カグヤとルビィは出て行った。

「そんなぁ〜」

言いながら、2人が呆《あき》れるのももっともだと思う。そんな情けない声を上げる。

後には、ソフィアが残った。

「元気出してください。また次の機会がありますよ」

「はぁ……」

アリスは大きなため息をついて壁《かべ》にもたれかかると、ズルズル滑って尻《しり》もちをついた。

ソフィアも合わせて、床に座りこむ。

きちんとスカートを折って、ちょこんと付く。居心地なさげに見えるのは表情が中途半端だからだろう。励まそうと声をかけたのにがっくりされてしまったから、アリスにどう接すればいいか、迷っているのだ。

力になりたい、と思う。

「……なんでみんな、告白なんかできるのかなあ？」

「そう言われても……」

ますます何と言ってよいかわからず、ソフィアは言葉を濁《にご》した。

(知りたいのはわたしもです)
こう言いたい。
言いたいのに、なぜ言えないんだろう。
考えてみる。
(……きっと、わたしも自信がないのですね)
人のことは言えない。
(たくさんの「好きなひと」の中に、特別な「好きな人」がいる)
彼のことを考える。
(わたしも同じ)
(だから、アリスさんの臆病《おくびょう》になる気持ちもわかるのでしょうか)
(わかってる気に、なってるだけかもしれないですけど……)
(わたしも……)
(わたしも、恋をしているのでしょうか)
うなずく気持ちもあり、首を傾《かし》げたい気持ちもある。
(……わからない、わたしには)
経験のないソフィアだ。
カグヤやルビィみたいに堂々としたアドバイスなどできるはずもない。

「**困った時の魔法**《まほう》**頼み**という言葉がありますが……」

「困ってない！　あたし全然困ってない！」

アリスは両手をぶんぶんと振って、救援の要請を断った。

「残念ながら、そのような魔法はないのですね」

ほーっ、とアリスは胸をなで下ろした。

ソフィアは本当に残念そうな顔をしている。

「……そんなにあたしで実験したかったの？」

「そういうわけでは……」

ソフィアは別のことを考えていたのだ。

（そんな魔法があれば、便利ですのに）

相手の心をのぞけたり、自分の想《おも》いを伝えられる魔法があれば。

慰《なぐさ》めとか励ましとか嘘《うそ》とか遠慮《えんりょ》とかそんなヴェールのない本当の気持ちを知ることができたらどんなにいいだろう。知って、かけひきのない本当の気持ちを伝えたい。

（言葉じゃ、足らない）

そんなことを考えていると、
じーっ。

アリスはまだ、警戒《けいかい》のまなざしを解いてはいない。

（違うって言ったのにな……）

言葉だけじゃ、足らないこともある。

こんな風に。

（あ！）

ピンと来たソフィアは、うきうきとした顔で尋《たず》ねてみた。

「……もしかして本当は魔法《まほう》をかけて欲しいとか？」

「まさか!?」

杖《ロッド》をかざして、

「ありあわせの呪文《じゅもん》で自作してみましょうか？」

「勘弁してーっ!!」

アリスは本気で嫌《いや》がっていた。

どうやら違うらしい。

（どうしたらよいのでしょう）

ソフィアは困ってしまった。

「アリスさん」

真剣な顔で尋ねる。

「なに？」

「人からよく、何考えてるかわからないって言われません？」

「あなただけには言われたくないわ!!」

アリスはどっと疲れた。

ソフィアの心の動きなど知るはずもない。

そばにいながら決して交わらない2つの心。まるで線路のような2人。

そこへ。

「悩める少女よ！　アナタのためにあたいは戻って来た！　この！　秘薬をもって！　帰ってきた！　これでアリスの悩みは解決！　あはははははははははははははははははは！」

ルビィが戻ってきた。

左手で握りしめた薬瓶を、ぐっとアリスに突き出す。

「飲んで！」

どんと胸を張り、勝ち誇っているルビィ。

自信満々にもほどがあるぐらいに、反《そ》り返ってる。

爆発《ばくはつ》しそうなバストも、ばん！　ばん！

もっとも胸の自慢をしているのではなくて、手の先にあるドリンクを誇っているのだ。

しかし。

「……うさんくさそう」アリスはいぶかしげに目を細めた。

はっきり言って、信じてない。

「ドラッグよ、ドラッグ。これを飲むと気持ちが沸き立って沸き立って、誰《だれ》だろうと告白せずにいられなくなるわけよ。まあ一種の精神剤ね。さあ飲んで！　アリス!!」

「遠慮《えんりょ》しとくわ」

きっぱりと言った。

「ちょっと！　何よそれ！　アリスのためにせっかく持ってきたのに!!」

「……だって、ルビィの探してきたものでしょ？」

眉《まゆ》をしかめるアリス。

「うわ、ひど」

「だってえ〜っ！」

アリスは困った。

「ルビィがすることって、絶対とんでもないことになるじゃない！」

「アリスが告白して何が起こるのさ！　ラベル見なよ！」

びしっとつきだした薬瓶には、成分とか効能が書いてある。

「なるほど」

まじまじとした目でラベルを見つめるアリス。

何度も何度も文字を追って、隅から隅まで視線を向けて。そして、

「……ソフィア、読んで」

　実は読めていなかった。頑張ったんだけれど。

「あら、魔術《まじゅつ》文字ですね。かなり昔のもののようです」

「うわ、あやしそう」

「昔といっても普通の薬とは保《も》ちが違いますから。秘薬の1000年は昨日みたいなものです」

「そうなの？」

「ここに薬剤師協会の認定印が押してありますでしょう？」

　ソフィアの細い指が薬瓶の蓋《ふた》を指した。

「中身は本物ですわ」

「そうでしょ、そうでしょ！」ルビィははしゃいだ。

「うーん」

　腕を組んで、考え込むアリス。

「この上、何悩むことがあるのよ!?」

　ルビィが叫んだ。アリスのじれったさに手がワナワナと震《ふる》えていた。

　その気迫に押されて、アリスは口を開いた。

「あたしが告白してもOKってことは、アークもちゃんとあたしのことが好きってことよね」

　真剣な顔をして、言う。

「……何が言いたいの？」

「つまりこの薬をアークに飲ませれば……」

「…………」「…………」

2人の白い目が。

「……そ、そうだよね。あたし、全然反省してないよね」

てへへ。

照れ隠しに笑って、アリスは薬瓶の封を切った。

錠剤《じょうざい》を一粒、ごくんと飲み干す。

舌に触れた途端《とたん》、樹液《じゅえき》のような苦みが走った。それでもアリスはかまわず飲み込んだ。

「どう？　どう？」

興味津々《きょうみしんしん》のルビイが尋ねる。

「べ、別にぃ……」

と言う声がすでにとろりとしていた。眠たいわけではない。むしろ意識は冴《さ》えている。

「アークに告白する覚悟ついた？」

どきっ。

名前を聞くだけで、アリスの心臓が大きく跳ねた。

つっ立ってるだけなのに、駆けているように鼓動が早くなる。

身体《からだ》の芯《しん》が熱くなる。頭の中の画面いっぱいに、彼の名前が埋め尽くされる。

アーク。

アーク、アーク、アーク、アーク、アーク、アーク、アーク、アーク、アーク、アーク、アーク、アーク、アーク、アーク、アーク、アーク、アーク、アーク、アークアーク、アーク、アーク、アーク、アークアーク、アーク、アーク、アーク、アーク、アーク。

秘めた想《おも》い、隠した本音、押し殺した言葉。胸の底、奥の深く深くに沈めた気持ちの封印。

重く硬い石で塞《ふさ》いでいたその蓋《ふた》が、
一気に吹き飛んだ。

「ルビィ！」「おう」「ソフィア！」「はい」

「あたし、行ってくる！」

アリスは飛び出した。

彼のところへ行きたい。言葉を交わしたい。想いを伝えたい。感情は津波のように押し寄せ、こざかしい堤防を簡単に吹き飛ばす。彼女を縛《しば》り付けていた枷《かせ》は粉々に砕けて、もはや彼女の足を留《とど》めるものは何もない。

行くのだ。

彼の許《もと》へ。

「すごいお薬ですね……」

ちょっとやそっとのことでは驚《おどろ》かないソフィアが、目を点にしていた。

「そりゃそーよー。大人《おとな》のお店で買ってきたからね」

「大人のお店？」

聞いたことのない単語に、ソフィアは首を傾《かし》げる。

「催淫《さいいん》薬って知ってる？」

「サイインヤク？」

「むちゃくちゃエッチな気持ちになっちゃう薬だよ」

「まあ」

「それも一番高いヤツだよぉ。なにせカタブツが服を着て歩いてるアリスのことだからね、ちょっとやそっとの薬じゃ効き目がないかもしんないし」

「どんな風になるんです？」

「頭ん中が好きな相手のことで一杯になって我慢できなくなるんだよ」

いひひひひ。

ルビィはまったく悪びれた様子《ようす》もなく、イタズラ小僧のように笑った。

「……それは素直になる薬とは少し違う気がしますが」

「素直になったじゃない。アーク好きー、って」

「……それだけなんですか？」

「やることやっちゃえば、アリスもアークを受け入れるでしょ！　あっはっはー！」

まるでいいことをしたかのように胸を張る。

「はあ……」

曖昧《あいまい》にうなずきながら、ソフィアは思った。

（この人……、怖いです）

♥

彼のいる部屋に飛び込み、彼の姿を捜し、見つけ、駆け寄り、抱きつき、抱きしめ、その胸に顔をうずめる。

かまわない。アークが驚《おどろ》いていてもかまわない。

そう思える自分にアリスはびっくりした。

自分が自分でない気がした。

そうしたいそうしたいと思って行動しているのに、なにかズレているような。

友達に借りた自転車に乗る時のような違和感。

気にしなくてもいいぐらいの違和感、なのだけれど。

したくないことをしているわけじゃない。

そうしたかったのだ。

ずっとずっとそうしたかったのだ。

戦いの中で彼への想《おも》いを自覚した時から。いや、まだフェザーリーブスで学校に通っていた頃《ころ》から。いや、もっとずっと前の……。

こうして誰《だれ》彼はばかることなく抱きしめたかった。

抱きしめた。

好きだと言いたかった。

言った。

アークは拒絶しなかった。

アリスは泉のようにあふれてくる喜びに酔った。幸せで満たされた海に漂った。

もっと。

身体《からだ》の奥から声が聞こえてくる。

もっと、もっと。

アークを知りたい。アークと近づきたい、アークと触れあいたい。

もっと、もっと、もっと。

言葉で、肌で、心で確かめて、愛に自信を深めたい。

もっと、もっと、もっと、もっと。

自分の芯《しん》から聞こえてくる声を、アリスは迷うことなく受け入れた。

もっと、もっと、もっと、もっと、もっと。

なんのごまかしもない、自分の本心だと思ったからだ。

もっと、もっと、もっと、もっと、もっと。

迷いたくない。疑いたくない。一途《いちず》にアークを信じたい。

もっと、もっと、もっと、もっと、もっと。

言葉を交わしたい。言葉だけじゃ足りない。言葉は心を隠す服にもなる。剝《は》がしたい。

もっと、もっと、もっと、もっと、もっと、もっと。

何もかも捨てる。生まれたままの姿以外の何もかもを捨てる。

もっと、もっと、もっと、もっと、もっと、もっと、もっと、もっと。

2人の間にある邪魔《じゃま》なものを無駄なものを余計なものを脱がしたい捨てたい暴きたい破りたい葬り去りたい。何があってもどんなに離れても互いを信じる絆《きずな》を得たい。そのために、

ひとつになりたい。


声の通りに、アリスは行動した。

いや、行動を放棄したといってもいい。

そうなのだ。

今のアリスという乗り物には運転席がない。

乗っている彼女はそのことに気づいていない。彼女は身体《からだ》の奥から発せられる言葉のままに潮の流れに身を任せた。いっぱいに帆を張って船の行方を風に委《ゆだ》ねた。

向かう先は潮任せ、風の吹くままに彼女は流されていくことにした。

本能とは、そういうものだ。

気付くとベッドに倒れ込んでいた2人は服を脱ぎ、抱きしめ合い、重なり合い……、

「ちょっ！　ちょっと待てよアリス！」


その声に、アリスはハッとなった。

「お前いったいどーしちゃったんだよ⁉」

まるでいきなり目が覚めた時のように、パッと開いた視界に、目が飛び出しそうなぐらいに仰天しているアークが飛び込んで、そのことにびっくりした。

しかもシャツは全開。彼は胸を思いっ切りはだけてベッドに寝そべっているのである。

真っ白になっていたアリスの脳内回路にたちまち電流が通った。

思考するまでもなく彼女の脊髄《せきずい》がひとつの回答を導《みちび》き出した。

「こ、このドスケベ大王がぁ〰〰〰〰〰〰っ！」

「押し倒したのはお前だろ!?」

「へ？」

目が点になる。そういえばどうして自分はアークの身体に馬乗りになっているのだろう。妙に身体がすーすーすることに気づく。確認する。こんもりと盛り上がった２つの胸が見えた。ボタンは全部外れていた。下着のホックも外れていた。スカートのホックも外れていた。胸に隠れてその奥が見えない。確かめる。

「……！　……！　……！　……！　……！　……！　……！」

身体中の血液が頭に集まって、爆発《ばくはつ》したかと思った。

意識が飛び、くらっとよろめいた。

「大丈夫か！」

崩《くず》れる身体をアークが支える。

ころりと彼の腕の中に転がり込んで、もう、アリスはもう真っ赤になって真っ赤になって、

「ぎゃあああああああああああああああああああああっ」

絶叫した。

飛んで、跳ねて、たじろぎまくって壁《かべ》に背中をぶつける。

「あ、あたしったら……、あたしったら……！」

こめかみのあたりからひや汗が1粒、2粒、3粒、そして、滝のようにどばどばと。

「おまえホントに大丈夫か？　いきなり熱っぽい顔して飛び込んでくるから何かと思えば、今度は真っ青かよ」

「これは……これは……、あの……、その……」

合わない歯の根ががちがちと音を立てた。

もうパニックだった。何から説明していいか、どこまで説明していいかわからない。すべてを話すわけにはいかない。それは告白するも同然だ。

ならどこまでならアークの誤解を解くことができるのか。

抱きついて、押し倒して、服を脱がせて、1つになろうとまでしたことを、「なんでもない」の一言で済ませるための方便は。

「もういいじゃん。はっきり言っちゃいなよ」

部屋の扉が開いて、ルビィが現れた。

悪びれた様子《ようす》などない。むしろ節介《せっかい》焼きの親友みたいな口調で諭《さと》そうとする。

意地悪ではない。心から、そうしたほうがいいと思っているのだ。

「はっきりって、どういうことだ？」首を傾《かし》げるアーク。

「アリス、もうあたいの口から言っちゃってもいいよね」

「ダメ————っ！」

「えーっ」

「どういうことだよ。お前らだけで話してないで俺《おれ》にも説明しろよ」

「ルビィ！　言わないで！」

懇願《こんがん》するアリス。その必死の顔をルビィは見て、
無視した。

「あのね、あたいらアリスから相談受けたのよ。アークのことで悩んでることがあるって」

「ほうほう」

「アリスって、一見ああいう態度取ってるけど実はアークのことをさあ……」

「大っ嫌いって言いたかったのよ！」

とてつもない大声で、アリスは断言した。

「ア、アリス……？」

信じられない台詞《せりふ》にルビィは目を丸くした。

決死の形相《ぎょうそう》を浮かべたアリスは、条件反射で反撃《はんげき》した。

「いっつもいっつもアークにはスケベなことされて迷惑してるから、どうやったら撃退できるか、相談に乗ってもらってたの！」

「……それで、俺を押し倒したの？？？」

「そ、それは！」

アリスは言葉につまった。

（言い逃れしなければ！）

とっさに浮かんだその感情に流され、彼女は思いつくままにまくしたてた。

「ドッキリよ！　ドッキリ!!　アンタがあたしのこと好きだ好きだっていうから、ＯＫしたフリをして、そうよ、フリをして、その気にさせて、思いっ切りその気にさせたところで、ばちーんとビンタ張ってショックを与えてやろうと思ったのよ！　罠《わな》！　全部罠だったの!!」

真っ赤な、真っ赤な顔でまくしたてた。

「俺《おれ》を、騙《だま》そうとしたわけ……？」

「そうよ！」

アリスは断言した。

ぎりぎりの表情をしている。割れる寸前の風船のように全身が張りつめている。

「もう、あたしのことはかまわないで！　顔も見たくない！」

「あ、ああ……」

わけもわからず、アークはうなずいた。

「さよなら！」

ダン、と思い切りよく部屋を出て行こうとして、

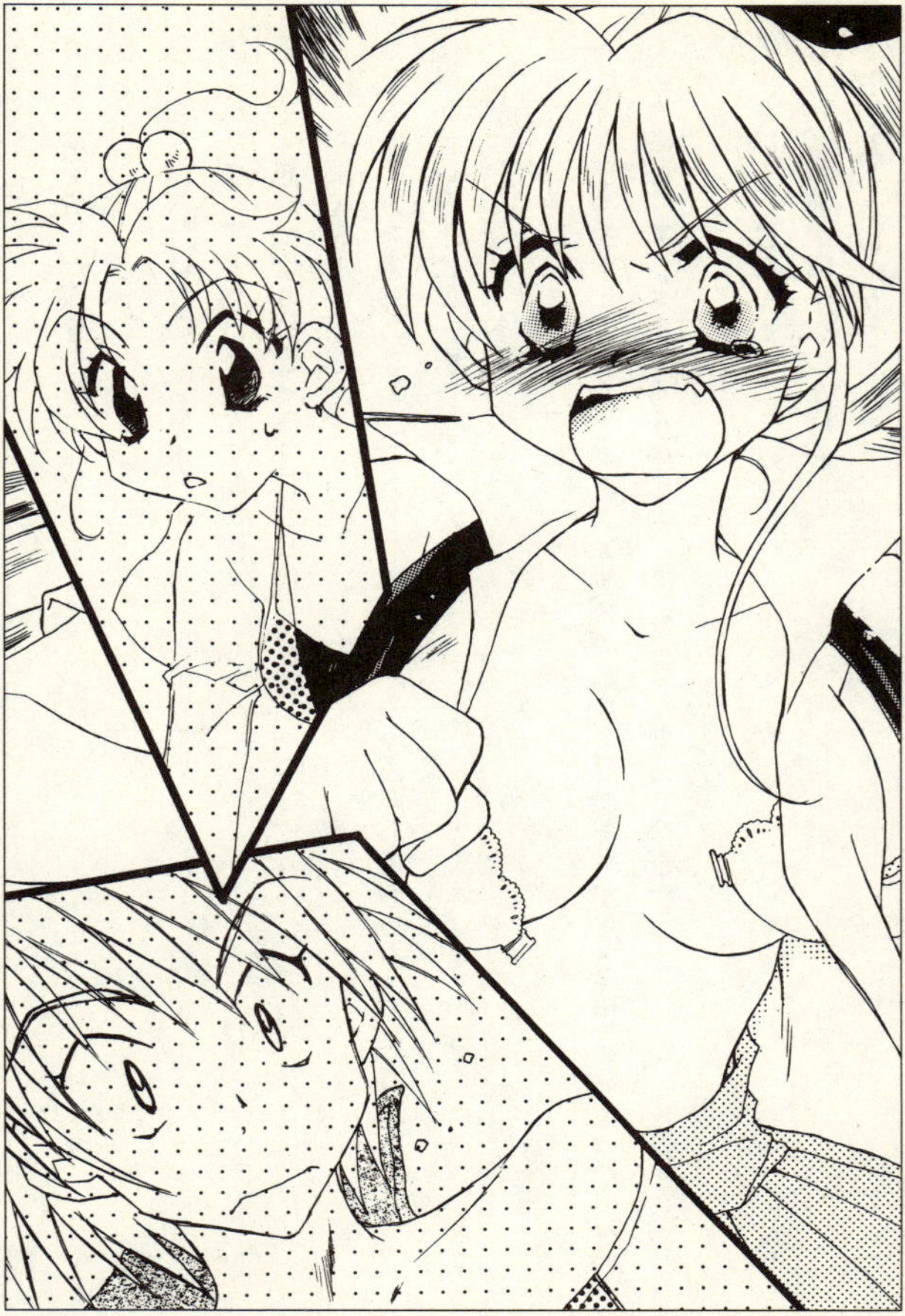

どて、とコケた。

さっきから脱いだ服を着直す余裕もなかったのだ。

「う〰〰っ」

思い切り打ち付けた鼻から鼻水が出てきた。泣いているのだ。

涙も拭《ふ》かず、アリスは下着から履《は》き直す。

そして、思いっ切り悔しそうな目で一度だけ振り向いて。

今度こそ部屋を飛び出した。

「うあああああああああああああああああああああああああん！」

絶叫が長い廊下に尾を引いていった。

「なんだったんだ……あいつ」

ぽかんと口を開けて、アークはつぶやいた。

ルビィはびっくりしている。まさかアリスがここまで逆ギレするとは思わなかったのだ。

「あ、あのね、アリスを怒らないでね。あれは嘘《うそ》だから、全部」

「わかってるよ」

アークは白い目をルビィに向けた。

「どーせ、お前が何かしたんだろ？」

「う……よくおわかりで」

「ったく、あいつは単純なんだから、俺《おれ》にするようなノリで遊んだりするなよ」

「ごめんなさい……」

「ん？　お前でも謝《あやま》るようなことがあるのか」

これにはアークも少しびっくりした。

ルビィのことだから、またわけのわかんないことを言い出すと思っていたからだ。

しかし、ルビィは本当に反省しているようだった。

しょぼんと肩を落として、言う。

「だって、あたいが悪者になるのはぜんぜんかまわないけど、あたいのせいでアークとアリスの関係が悪くなるのはヤだもん……」

すぼめた唇《くちびる》が子供みたいだ。

それを見て、髪にやった手をわしゃわしゃとアークは掻《か》いた。

「……お前って、イイヤツなんだか悪いヤツなんだかホントわかんねーな」

「いい子ではありません……」しゅんとした声で。

「その反省が長続きしないあたりが、問題なんだろーけどな」

「よくおわかりで。てへへ」

「もう反省タイム終わりかよ！」

10秒もしないうちに、いつものノリに戻ってきた。

だが、いつものように遊んでる余裕はアークにはなかった。

はだけた服のボタンをつけ直しながら、言う。

「……とにかくアリスを連れ戻しに行こうぜ。もうすぐ日も暮れる」

「あ」

「何驚《おどろ》いてるんだよ、ルビィ」

「アークって、ホントにアリスが好きなんだね」

ほー、と唇《くちびる》を丸くして、ルビィは感心した。

なんだか、2人のことが微笑《ほほえ》ましく思えてきた。

「アイツの意地っ張りは限度がないからな。あそこまで言ったら自分からは絶対戻ってこられねえだろ。こっちから迎えに行ってやるしかさ」

「さっすがアーク！　男だねえ」

「……なんか、お前におだてられるとすっごく気持ち悪いんだが」

「なーに言ってんのよう！　あたしは今から恋のキューピッドよ！」

ばしーん、とアークの背中を叩《たた》いて、ルビィは豪語する。

彼女は本気だった。

これまでさんざん2人の関係を掻《か》き回したことなどすっかり忘れ、2人を応援しようと心に決めた。

……要するに、いきあたりばったりの気分屋なのだ。

「はぁ……」

忘れていないアークは呆《あき》れた。

「アークはここに残ってて。アリスはあたしたちで捜すよ！」

「なんでだよ？」

「アークが行ったら余計話がこじれるかもしれないじゃない。だからあたしたちに任せて。あたしが責任もってちゃーんと連れ戻してくるから！」

ぽーんと胸を叩《たた》いて、ルビィは飛び出した。

「嫌《いや》な予感がする……」

ぼそりと、アークはつぶやいた。

すぐにルビィは一同を招集した。先生みたいに胸を張ってコトの成り行きを説明する。

「――と、言うわけよ」

ソフィアが生徒みたいに手を挙げた。

「ルビィさん」

「なあに？」

「助けに向かうのはよいと思うのですが、成り行き任せで行動すると、また問題がこじれてしまう気がするのですが……」

「問題ないわ」

鼻高々にルビィは言った。

「えらい自信やな」と、ウィル。

「あたいの考えた作戦なら、100%アリスはすぐに見つかるから」

「どんな策なのじゃ？」と、カグヤ。

「これよ！」

ルビィはぎゅっと握った右手を高くかざした。

「この指輪で魔王《まおう》を呼び出せば、驚《おどろ》いてすぐにアリスが出てくるわ！」

「ソフィア」「はい」

カグヤに目で促され、ソフィアは杖《ロッド》を振り上げた。

「ルビィさん、話がややこしくなるので眠ってください」

唱えたのは睡眠の呪文《じゅもん》だった。

なんでか天から無数の火の玉が、ルビィの頭上めがけて降り注いだ。

ズドドドドドドドドドドドドド……。

「なんで〜〜〜〜〜〜〜〜〜〜〜〜〜〜〜〜っ!?」

「ぜ、絶対うまく行く作戦なのに……」

がくっ。

ルビィは意識を失った。

「……また失敗してしまいました」

しゅんとなるソフィアの肩をカグヤは叩《たた》き、また言った。

「眠ったことは眠ったのだから、成功じゃろ」

第4話

「奥義！
ルビィの右手は世界を救う!!」

「うわああああああああああああああん！」

いい年した少女が、街中を大声出して走っている。

べしょべしょに泣いている。ずるずると鼻汁を流している。

沈みかけた太陽が空をオレンジ色に染める夕闇《ゆうやみ》の下、買い物のおばさんや帰宅を急ぐおじさんたちが次々と振り返っていく。しかし涙で歪《ゆが》むアリスの視界は何も見ていない。

（あんなこと言って……）

切羽詰まっていたからっていって、

（ひどいこと言って……）

心にもない言葉だからって、

（言っていい言葉じゃない）

あんなこと、自分が言われたら立ち直れない。

「うわあああああああああああああああああああああ
ああああああああああああああああああああああん！

今さら後悔したって遅いよおおおおおおおおおお！」

歴史は同じことの繰《く》り返しに過ぎないと言った歴史家は誰《だれ》だったろう。

間違いを繰り返し、繰り返し、繰り返したことを忘れるほど繰り返す。

いうなればアリスはその小さな身体《からだ》で数千年に及ぶ人類の歴史を体現しているのだった。

「うえええええええええええええええええええええええええええええん！」

それほど大げさなものでもないが。

とにかく少女は泣いた。ついで叫んだ。さらに走りまくった。

そして警察《けいさつ》に通報された。

指名手配書と付き合わされた。

かくしてアリスは師団規模の兵士たちに取り囲まれてしまったのだった。

「貴様！　大魔王《まおう》アリスだな!!」

「う……。果てしなく既視《きし》感のある光景なんだけど……」

冒頭から何も進歩していない。

無数のサーチライトがアリスの姿を捉《とら》える。そのまぶしさにアリスは視界を失いそうになるが、数十の銃口、そして数十の魔法使いたちが自分に狙《ねら》いを定めていることは見てとれた。

たった1人を捕えるためにそれほどの警戒。ましてやいきなり軍隊の出動。

自分という少女がいることが侵略、あるいは存在自体が災害ということを思い知る。

「動くな！」若き指揮官が吠《ほ》えた。

「少しでも不穏《ふおん》な動作をすれば発砲するぞ！」

「あのう……」

「貴様と話し合いをする意志はない！　うかうかと貴様の口車にのって滅ぼされたダナ・ヌイ

王国の二の舞を我がエストリアには踏ません！」

「いや、だから……」

「貴様が戦うというのであれば我々も死力を尽して戦う。そうでないと言うのなら……」

「あたし……」

「こっそり身の安全は保障するから、この国を壊《こわ》さないでくれ」

「降伏します」

「へ？」

「え？」

指揮官とアリスの目が同時に点になった。

「どういう意味だ？」「どういうことよ？」

質問までシンクロする。

「10億年ぐらい牢屋《ろうや》に入って反省したほうがいい気がして……」

「残念ながら我が国の軍事力では貴様には勝てない。ダナ・ヌイ王国と友好条約を結んでる関係上、貴様を逮捕する義務が我が国にはあるわけだが、民の生命には代えられん。貴様が我が国に危害を加えぬというのなら見なかったことに……」

「そうなの？」「なるほど」

２人は互いの回答にうなずいた。

「じゃあお言葉に甘えて……」

アリスが回れ右をしようとすると、

「それなら今のうちに逮捕だ～～～～っ！」

指揮官は突撃《とつげき》を命令した。

「見逃してくれるんじゃなかったの～～～～っ!?」

「お前こそ降伏するんじゃなかったのか――っ!!」

「ちょっと待ったあああ！」

甲高い少年の叫びと共に、軍隊の一角が吹き飛んだ。

「なんだあっ!?」

若き指揮官は突然巻き起こった旋風に目を奪われた。

累々と倒れた兵士たちの彼方《かなた》に、１人の少年の姿が見える。

上空から見れば『Ｏ』が『Ｃ』となった包囲網の破れから、身体《からだ》と同じほどの大剣を肩にかけて少年が歩いてくる。砂煙の中を歩いてくる。

「助けにきたでぇ！」

「ウィル！」

その後ろにはカグヤの姿もあった。ソフィアの姿もあった。

ルビィの姿はない。

彼女がいると、ただでさえねじれてる問題が、縦《たて》にも横にもどうにもならないぐらいにねじられまくって収拾がつかなくなる恐れが限りなく高かったので、監禁《かんきん》してきたのだ。

若き指揮官は地団駄《じだんだ》を踏んだ。

「おのれ大魔王《まおう》！　やはり卑怯《ひきょう》な手を使ったな！　話し合うと見せかけて仲間を呼ぶ時間を稼《かせ》ぐとは！」

「違うって〜っ！」

「こうなれば我がほうにも覚悟がある！」

「覚悟って、どないな覚悟や？」

数百人の兵士を、一薙《な》ぎの剣風で薙ぎ払ったウィルが凄《すご》んだ。

「こっちから売った喧嘩《けんか》やないし、ほっといてくれればワイらはこの国出てってもええんやけど……。んで、そっちはどないな覚悟を見せてくれるんや？」

「総員、退却‼」

指揮官は号令を発し、兵士は蜘蛛《くも》の子を散らすように逃げ去っていった。

「立派や立派や、ほめたるで」

ぱちぱち、とウィルは拍手した。

「さすがです、ウィルさん」

　ぱちぱち、とソフィアが拍手した。

「ま、事態が迷走する前に片づいてよかったのう」

　カグヤも安心した。

と。

「それじゃあ、困るんだってば～っ！」

「……誰《だれ》の声じゃ？」

「あたいだよう、あたいあたい！」

　空から声がした。みんなは満月の浮かぶ天空を仰いだ。

「ルビィ～!?」

「やっほー」

　翼竜《よくりゅう》の首にまたがって、ルビィが空を飛んでいたのだ。

「閉じ込めといたんに、どうやって出てきたんや!?」

　ルビィは答えず、ただ指輪だけを見せた。

　魔王を召喚できる、指輪を。

「ダメじゃない、みんな。そこでアリスを助けちゃあ。せっかくいい感じでバトルが始まると思ってたのに～」

　言いながら、彼女は紺色の翼竜を着地させた。

竜《りゅう》はルビィの言うままにコウモリのような翼《つばさ》をたたみ、太い首をもたげ、彼女を降ろす。

頭には二本の角。爬虫類《はちゅう》のような目は凛々《りり》しくも見え、知性すら感じさせた。

「残念やったな、ワイらが一歩早かったで」

「そうかしら？」

不敵な笑みを浮かべるルビィ。

「あんたたちを倒せば、今からでもじゅーぶん間に合うと思うけどなあ」

「どういう意味や！」

いちはやく気づいたのはカグヤだった。

「おぬし、その竜はまさか！」

「そーだよ！」

言って、ルビィは右手を紅葉《もみじ》のように開いた。

真珠色の指輪が輝《かがや》いた。

「新しい魔王《まおう》、呼び出しちゃった♪」

「ウィル！」カグヤが叫んだ。

「おうよ！」

ウィルは己の大剣に手をかけた。刃《やいば》の上を指がすべる。血は流れない。なぜならこの黒剣は本当の剣ではないからだ。これはただの柄《つか》にすぎない。

「久しぶりの出番やで！　クラウ・ソラス（Claimh Solais）!!」

名を呼んだ途端《とたん》、黒剣だった柄がするりと抜け、その中から光輝く無刀の剣が現れた。

魔王そのものを刃の形に封じ込めた、白光の魔王剣クラウ・ソラス。

銀の刃が現れたら最後、切れぬモノはない。大魔王クラスの魔力圏すら突破することのできる恐るべき剣だ。

その剣をかざし、ウィルが飛び出した。

「何の魔王か知らへんけど、相手が悪かったな！」

「それはこっちの台詞《せりふ》だよ」

ルビィの笑みから、不敵の余裕は消えない。

「強がりを！」

「残念だけど、あたいの魔王、無敵なんだよね」

迫るクラウ・ソラスの剣気に反応して翼竜《よくりゅう》が唸《うな》った。紫色の光が弾《はじ》ける。魔力圏を構築したのだ。しかしウィルは一刀の下《もと》に突破した。

「どないや！」

ルビィは変わらず微笑《ほほえ》み続ける。

「だから、あたいの魔王はそういう戦いをしないんだってば」

「はったりを！」

「いくら剣が無敵でも、あんたはただの人間でしょ？」

「どういう意味や⁉」

「ナール（Nal）、やっちゃって」

翼竜《よくりゅう》は低く吠《ほ》えた。その途端《とたん》。

「いいいいいいいいいいいいいいいいいいいいいいいいいいいいいっ⁉」

ウィルは飛び上がって悲鳴を上げた。

剣を放り出す。両手でアゴを支える。

「ウィルさん⁉」

「歯が、歯が、歯が〜っ！」

神経を突き刺す凄《すさ》まじい激痛にウィルは身をよじって転げ回った。

「あっはっはっはっは！　どーだい、あたいの魔王《まおう》の最強能力は！」

ルビィは高らかに笑い誇った。

「痛いでしょう？」

「痛い、痛い、助けて……」

よほどの痛みなのだろう、涙をぼろぼろ流しながらウィルは頭を下げた。

「心配しないで。ただの呪《のろ》いだからすぐに切れるから」

「ほんまか⁉」

「ほんの1時間ほどでね」

「死む〜〜〜〜〜〜〜〜〜〜〜〜〜〜〜っ！」

と言うが早いか気絶した。

「ウィルさん！」ソフィアが駆け寄った。

「これで1人目は片づいた、っと」

ルビィは豹《ひょう》のように吊《つ》り上がった目を、カグヤたちに向けた。

「ナールはね、**相手**を**一瞬**にして**虫歯**にすることができるのよ。どう？　無敵でしょ」

「面妖な」カグヤは吐いて捨てた。

「いいわよ、あたいは戦っても。——二番目に泣くのは誰《だれ》かしら？」

「誰が戦うと言った？」

カグヤは黙《だま》ってアリスを引き渡した。

「裏切り者〜っ!!」

二番目に泣いたのはアリスだった。

♥

がばっと身を起した時にはもう、まったく知らない場所だった。

「ここは……」
アリスは広い部屋を見渡した。
高い天井、意匠の施された壁《かべ》、天幕のついたベッド、高級そうなシーツ。
見たところ、立派なお屋敷かお城といった風情だ。
アリスは布団から飛び出すと、窓際へ駆け寄った。
一面の窓を覆《おお》う、壁いっぱいのカーテン。
それを剝《は》ぐ。
「そっ……」
外に見えた光景に、アリスは息を呑《の》んだ。
広がるは底なしの青。
遥《はる》か遥か下に見える地上。
そうなのだ。
アリスが連れてこられた場所は……。
「我が要塞、天空楼閣へようこそ～♪」
振り向くと、ルビィがいた。
たぶんルビィだった。
アリスは確信がもてなくて、彼女をまじまじと見つめ直した。

「どう？　この服、似合ってる？」

声は、明らかにルビィだった。

だが、とてつもなくゴージャスな衣装を着ている。

ウエディングケーキのような王冠、ヘルメットのような肩パッド、相変わらず装甲の薄《うす》い胴体には金で鋳《い》られた鎖を巻き付け、意味もなく皮を剥いだ虎《とら》をたすきがけにしていたりする。

「似合ってるっていうか、もはや人間の理解を超えているというか、そもそもそれは服なのかというか……」

何からつっこんでよいのかわからず、アリスは言葉に窮《きゅう》した。

「て、いうかルビィ！　あんた、何企《たくら》んでるのよ!?　あたしを誘拐《ゆうかい》したりして！」

「まだわかんない？　あたいの格好を見ても」

さっぱり見当が付かず、アリスは首を横に振った。


「世界征服よ！」


「そんなバカ衣装のどこが世界征服なのよっ!?　……じゃなくて！　あんた、なにバカなこと言ってんのよ！」

言って、つっこみどころを間違えたことに気付き、即座に修正し、つっこみ直す。

「アリスもまだまだ修行が足りないわね」

「誰《どうあれ》が、つっこみの修行をしてるか～っ！」

ぜいぜいぜい。ひとしきり叫んだアリスは肩で息をした。

「もう遅いわ。すべては始まってるの」

そう言って、ルビィはアリスが眠っている間に起きた数々の出来事を説明した。

大魔王《まおう》アリスの名で、全世界に発した征服宣言。

1週間以内に主権を放棄しない国家は、すべて滅ぼす。

各国から、ものすごい反応が巻き起こった。

降伏しようと訴える者、多国籍《たこくせき》軍を編成しようとする動き、魔王界から別の大魔王を呼び出して対抗させようとする案、それだけではない。呪《のろ》い、祈禱《きとう》、新兵器、署名運動、千羽鶴《せんばづる》、腐った牛乳、死んだ猫《ねこ》。サイエンスからオカルトに至るまで、おおよそ人類が考えつくありとあらゆる作戦が、打倒アリスのために実行されていた。

この星に住む、おおよそすべての生命がアリスのことを考えていた。

「どう、スゴイでしょ？」

えへん、とルビィは胸を張った。

「ばか～～～～～～～～～～～～～～～～～～～～～～～～～～～～～～～～っ！」

全身をスピーカーのようにして、アリスは悲鳴を上げた。

「何考えてんのよ！　こんなことして!!　なんの意味があるの？」

「人類すべてが敵に回る」

「敵に回してどうするのよ〜〜〜〜〜〜〜〜〜〜〜〜〜〜〜〜〜〜〜っ！」

「アークの気持ちがわかるわ」

「え」

言葉を詰まらせるアリスを見て、ルビィはにんまりと笑った。

「ここからがルビィちゃんのらぶらぶエンジェル大作戦なのよ」

メトロノームのように人差し指を振って、ルビィは得意げな顔をした。

「まあまあ、世界征服なんてのは大作戦のためのハッタリなんだから安心なさいな」

「どういうこと？」

「アリスはアークの本音が知りたいのよね」

「それと今の状況に何の関係が…………」

「アークはどうすると思う？　この状況で」

ルビィは人差し指をアリスの鼻に突きつけた。

「わ……、わからない」

弱々しい声で、アリスは首を振った。

助けに来てくれる——、と言いたいのだが、言えない。

「わかんないよう」

「自信がないんだよね」

「なんでこんなことを……！」

また例によってルビィが悪ふざけをしているのだと思い、アリスは声を荒げた。

ルビィは言った。

「もし、アークが助けに来てくれたら、どうする？」

「…………」

答えない――答えられないアリスを、ルビィは揺さぶった。

「その時はアークのこと信じられるよね？　思い切って告白できるよね」

「そ、それは……」

アリスはうなずきかけて、虚《むな》しい夢を振り払わんばかりに首を横に振った。

「無理だよ、そんなのあるわけない」

「どうして、来るよ」

「来ないよ。あんなにひどいこと言っちゃったんだもん」

「ホントに好きなら、ホントの嫌《きら》いとウソの嫌いの区別ぐらいつくよ」

「ウソの？」

「アリスはさ、なんでいっつもエッチなことをされて怒ってるのにアークを見捨てないの？」

「それは……」

惚《ほ》れた弱みだからだ、と、アリスは思っていた。

そう思うと、気持ちがふてくされてくる。切なくて、胸が痛くなるのだ。

「下手に出るしかないでしょ。こっちは弱味を握られてるんだもん」

「違うよ。そうじゃない」

ルビィはきっぱりと否定した。

ぽん、とアリスの頬《ほお》をなでるように叩《たた》く。

「アリスがアークを好きでいるのは、アークの気持ちがちゃんと伝わってるからだよ」

「アークの……、気持ち？」

「そう、アークはエッチなこともするけれど、それと同じぐらい、アリスのことが大好きなんだってことがわかってるんだよ、ちゃんと」

「わ、わかってないよぉ、そんな愛！」

「ううん、わかってるよ」

人差し指が、アリスの胸を指した。

「心はちゃんとわかってるよ。だから好きなんだよ」

「………」

アリスは言葉を失った。

ルビィの人差し指が押さえたあたりを、今度は自分の手で押さえてみた。

（そんなこと、考えたこともなかった……）

言葉が、魔法《まほう》のように心に染み渡っていく。

さっきまで痛かった心が、ウソのように元気になっていく。

（もし、そうなら……）

信じてみたいと思う。

（アークを信じた、自分の心を）

表情に浮かんだアリスの笑顔を見て、ルビィはうんとうなずいた。

「待ってみようよ！　アークを」

「うん！」

ぴんぽーん、と隣《となり》の部屋でチャイムが鳴った。

「あ、誰《だれ》からだろ」

世界中からの情報を集めるポストルームは、アークからの電報を受け取っていた。

ツキアイキレナイ　カッテニヤレ　　アーク

がががががががががが――――ん。

カナヅチで一度に何十発もブッ叩《たた》かれたようなショックに、アリスはくらりとした。

「ル、……ルビィ？」

よれよれの声で、名を呼ぶ。

ルビィは虎《とら》の皮から取り出した本をぺらぺらとめくっていた。

「おっかしーなー。マンガだと王子様は地位も名誉もすべてを捨ててやって来るのになー」

「パクリか――――っ!!」

「パクリじゃないもん、リスペクトだもん」

「どっちだって同じよ！　どーするのよ！　どーやって収拾つけるつもりなのよ！」

「え、あたいのせい？　全部あたいのせいなの？」

「決まってるでしょ！　あんた以外の誰のせいになるのよ!?」

「あたいはアリスのためを思ってやったんだから」

「やりすぎなのよ！」

「うわ、一方的に責める？　今さらいい子ぶったって遅いわよ。そもそもアリスがさっさと素直になってればあたいがアホなこと考えなくなって済んだんだよ」

「アホだって認めた！　アホだって認めたわね！」

「そーよ、あたしはアホです。アホリンピックの金メダリストです。それが何か？」

「うへ、開き直ったわね」

「世の中、居直ったものが勝ちなのよ！」

「それはそっちの自由だけどね。撒《ま》いた種はどうするのよ。世界中を敵に回したんでしょ」

「アリスがね」

「うがーっ！　むかつく――――っ！」

「大丈夫だよ。要はつじつまを合わせればいいんでしょ」

「できるの？　そんなこと」

「ホントに世界を征服すればいいじゃない」

「ばか――――――――――――――――――――――――――――――っ！」

部屋が爆発《ばくはつ》した。

「ひどいじゃないルビィ！　あたしが何したっていうの⁉」

煙で一杯になった空間に、アリスの声がこだました。

「あたいじゃないよ！　爆発したのはアリスでしょ‼」

濃霧《のうむ》のように垂《た》れこめた白闇《しらやみ》の向こうから、ルビィの声がする。

「ルビィじゃないってことは……」「アリスじゃないってことは……」

2人は声を合わせるようにつぶやいた。

「今の爆発は誰《だれ》がしたの？」

と。

「俺《おれ》だよ」

聞き覚えのない――ないこともない。男の声がした。

低く、潰《つぶ》れたような声。

墨《すみ》をひいたような靄《もや》の中にシルエットが現れた。

背は高い。逆三角形の上半身。次第に薄《うす》れていく靄から腕が現れる。むやみに鍛《きた》え上げられた男の右腕。手はポケットにつっこんだまま悠然と近づいてくる。そして次に現れた赤毛。それを見て、アリスは彼の正体に気づいた。

「思い出してくれたようだな」

男は犬歯を見せて笑った。そして叫ぶ。

「あなたは――」

「そうだ！　ダナ・ヌイ王国の生き残り！　ゲイネスト・ダービンだ！」

「誰だっけ？」ルビィは首を傾《かし》げた。

「貴様らを追いかけてた警官《けいかん》だ！　今はもう青い海に沈んだダナ・ヌイのな!!」

「あー、懐《なつ》かしい♪」

「懐かしがるな！」

「あのー」アリスが手を上げた。

「なんだ」

「あの島が沈んだことについてはルビィはともかく、あたしは無実だと思うんですけど……」

「うわ、裏切り！」

ルビィの一言がアリスの導火線《どうか》に火をつけた。

「何が裏切りよ！　最初にハメたのはそっちのほうでしょ！」

「そんな昔の話を」

「そーよ！　そもそものきっかけはルビィじゃない！　有名になりたいとか、そんな理由で指輪を盗み出したところから始まったんじゃない！」

「全部あたいが悪いの？　何から何まであたいが悪いの？」

敵を眼前にして、２人はぎゃあぎゃあとぶつかりあう。

「貴様ら……！」

ダービンがキレた。

「ええい！　今さら罪のなすりあいをするなア！」

「「だってえ～」」

「２人揃《そろ》って言えば、どうにかなるもんでもないわ！」

ダービンは声を張り上げた。

しかし、ルビィはひるまなかった。

「ていうかアンタ、どうやってここにたどりついたのよ！　ここは遊園地じゃないのよ！　空に浮かんでるのよ！　人間の来れるところじゃないわ!!」

「人ではなかったら……、どうする？」

冗談でも言うような口調で、ダービン。

「なっ……」

2人は笑い飛ばしたりはしなかった。

ただの軽口ではなかったからだ。ダービンの言葉には凄《すご》みがあった。

真実のみが発することのできる重みが、その冗談のような言葉にはあった。

「……どういう意味？」アリスが聞いた。

「魔王兵器《フォービドン》の中には、空間をねじまげて、どこにでも移動できる魔王《まおう》がある」

「え……」

ダービンの言葉に、アリスは耳を疑った。

「それって……、アークが持っていた……」

「そうなのアリス!?」

「なんで……、なんであなたがアークの魔王兵器《フォービドン》を……」

「少し考えればわかるだろう？　その意味が」

「だって、魔王兵器《フォービドン》を使うためには……指輪が」

言って、アリスはダービンが右手をズボンのポケットに入れていることに気づく。

「まさか！」

「そうだよ、そのまさかだよ」

ニヤリと笑って、男は右手を引き抜いた。

その中指には宝石があった。エメラルド色をしていた。ルビィのしている指輪と同じ形をしていた。

「それは……!」

ダービンがしていたのはアークの持っていた《統べる者の指輪》だったのだ。

「なんで……、なんであなたが!」

驚《おどろ》くアリスに見せつけるように、ダービンは指輪をかざす。

「友達なら、モノの貸し借りぐらいするだろう?」

「どういう、こと?」

「お前を倒しに行くと言えば、これを使えと……」

「うそ……」

アリスは震《ふる》えるように首を振った。

ダービンの言葉を信じるわけにはいかなかった。

あの指輪は、魔法《まほう》の使えないアークが唯一身を守るために使える武器だ。

命の次に大事な——、絶えず危険の渦中にいるアークにしてみれば、命と同じぐらい大事なアイテムのはずだ。そして指輪が支配している魔王たちは——アリスのものでもある。

いわば、あの指輪は2人だけが使える鍵《かぎ》のようなものだ。

それを……。

「ならばどうして俺《おれ》はこれを手に入れた？　アイツを殺して手に入れたとでも思うか」

それは、あり得なかった。

アークが死ねば、彼のくれた《魔王の心臓》の力で生きている自分も死ぬ。

その事実はアリスにとって嬉《うれ》しいことでもあり、悲しいことでもあった。

生きていて指輪を渡したとなれば、答えは1つしかない。

「そんな……」

よろよろと後ずさるアリス。我慢できなくなったのはルビィのほうだ。

「いい加減なこと言わないでよ！　アークがアリスを見捨てるはずないじゃない！」

「司法取引を知っているか？」

「何よそれ！　難しい言葉でごまかそうったってそうはいかないわよ！」

「お前たちを倒す武器と引き替えに、これまでの罪が帳消しになるとしたらどうする？　お前たちを倒すために世界中の富豪が出した賞金と引き替えにするとしたら」

「しない！　アークはそんなもんでアリスを売ったりしないよ！」ルビィは叫んだ。

「おめでたいヤツだな」

嘲《あざけ》るように笑い、ダービンは指輪に名を唱えた。

「フィーマフエング（fimafengr）」

「……それは!!」

直後、天から伸びた一筋の剣が天空楼閣を貫いた。

時速数千キロの速さで惑星を公転する魔王兵器《フォービドン》からの光は、地平線の彼方《かなた》から現れると、たちまちのスピードで空を割るように移動した。北から南へ、ほんの一瞬《いっしゅん》で。

小さな山ほどもある楼閣が輪切りにされた。

アリスたちがいた部屋もすっぱりと2つに分かれた。

風がたちまち3人を襲《おそ》った。

吹き上げる突風が髪を舞い上げる。呆然《ぼうぜん》と立ち尽くすアリスはなぶられるままによろめいた。

足を踏み外す。

その下は2000メートルの底――。

「危ない！」

とっさにルビィがアリスの身体《からだ》をつかんで引き戻す。床がだんだんと斜めになっていく。楼閣が自壊《じかい》を始めているのだ。ルビィはアリスの身体を床に押さえつけて、滑り落ちないようにする。力をなくしているアリスを、懸命《けんめい》に励ました。

「ウソよ！　アークがそんなことするなんて信じちゃダメだよ！　アリス！」

「でも……、あれは……」

「証拠が1つでは足りないか？」

不気味にほくそ笑んで、ダービンは次の魔王兵器《フォービイドン》を召喚した。

見た瞬間、アリスは凍りついた。

それは間違いなく、魔獣《まじゅう》ドルトムントとの戦いでアークが使っていた、どこにでも自在に移動ができる魔王兵器《フォービイドン》だったからだ。

「慈悲《じひ》だ。せいぜい墜落《ついらく》するまでの間、人生を有意義に過ごすんだな」

鼻で笑い、ダービンは魔王兵器《フォービイドン》が作ったゲートに身を投じた。

ゲートはすぐに消滅し、2人だけが残された。

3分後、楼閣《ほうかい》は崩壊した。

♥

地上では別の戦いがあった——。

「くそう！　倒しても倒してもキリがあらへん!!」

黒剣を振るい続けて何時間になるだろうか。ウィルは朦朧《もうろう》としはじめた意識の中で思った。

夜明け前に始まった戦闘《せんとう》はすでに昼下がりを迎えようとしている。限界に達したわずかな体力を、ギラギラと照りつける太陽が容赦《ようしゃ》なく奪っていく。乾く喉《のど》、割れる唇《くちびる》、棒のようになった腕、震《ふる》える膝《ひざ》、軋《きし》む骨、感覚を失った指。五体はもうついているだけの状態だった。

アークはいない。カグヤは消えた。

ソフィアと2人だけになったところを、各国によって編成された連合軍が襲《おそ》い掛かった。

アリスの仲間ということで、命を狙《ねら》われたのだ。

斬《き》り伏せても斬り伏せても、兵士が押し寄せてきた。

いったいいくつの陣を粉砕しただろうか。それでもいっこうに軍勢は尽きる気配《けはい》をみせない。

まるで壊《こわ》れた蛇口《じゃぐち》のように、後から後から兵士たちが飛び出してくるのだ。

海に向かって剣を振るっているようなものだった。

そして波がとぎれることはない。

寄せては返し、また寄せては返し、無限のうねりの中に人を呑《の》みこんでいく。

(あかん、限界や……)

さっきからぷつりぷつりと意識の糸のようなものがちぎれていくのをウィルは感じていた。

(不覚やで)

(戦うぐらいなら逃げるワイが、こないな場所で終わるとはな)

思考が死へと死へと向かっていくことに気付き、ウィルは自分の最期を悟った。

人生を折りたたむように、残り時間を数えていく。

最期までにしたいことを考えてみて、特にないことに気付く。

（ま、したいようにした人生やさかいにな）

後悔もないのだろう。

「大丈夫ですか、ウィルさん」

そばにいたソフィアが、心配そうに声をかけてきた。

戦いの途中で杖《ロッド》は失っていた。

「なんでもあらへん。ワイに任しとき」

押し寄せてきた一部隊を、剣風でまとめて吹き飛ばす。

（最後の最後までいいかげんなヤツやな、ワイも）

鞘《さや》に収めた黒剣の状態でも、魔王《まおう》剣の強さは圧倒的だった。

だが、それを扱うウィルの疲労に比例して攻撃《こうげき》力は弱まっている。

あと、何回この剣を振るえるだろうか。

（もうダメなこと、教えたほうがええかな……）

（アホやな）

（ホントのこと言ってどないすんねん。どないもならんもん教えて怖がらせてもしょうがないやんか。中途半端に正直になったたって意味ないんや）

（中途半端か）

（ワイにぴったりの言葉やな）

へへっ。

ウィルは笑った。

自分に対して笑った。

（勇者のくせに逃げてばかりで、そのくせ非情に徹《てっ》することもできへん）

その笑いを、ソフィアは別の意味に解釈したらしい。

「ごめんなさい、わたしのせいで」

申し訳なさそうに、ソフィア。

「気にするなや。お互いさまやで」

「魔法《まほう》が使えれば、ウィルさんの疲労を取ってさしあげることもできますのに」

「………そうなるかどうかは大いに疑問やけど」

最後までこないな会話かいな、と、ウィルは苦笑した。

悪い意味ではない。

ソフィアの不思議な雰囲気に、気持ちを和ませていたような気もする。

（なんなんやろな）

ひどい目にもたくさん遭ってきたのに、なぜか力を貰《もら》っていた気がする。

力とは体力だけのことではないのだ。

「わたし、最後までちゃんとした魔法使いになれませんでした。ちゃんと役に立って、みなさんに喜んでいただきたかったのに、最後まで足手まといのままで……」

「そんなん、みんなそうやで。ワイら、みんな迷惑な連中やったやないか」

「中でも、わたしが一番だったような気がします……」

「ええやないか、それで」

「えっ」

「足手まといの何が悪いねん。ソフィアちゃんかて、好きで魔法音痴《おんち》になったわけやないんやろ？　頑張ってそないならそれでええやないか。何も恥じることはあらへんで」

言って、思う。

（中途半端のどこが悪いんや）

剣を握り直す。

（ワイらにはワイらの生き方があるんや）

負けてなるものか、とウィルは思った。

（ワイらのスタイルを証明するには、のさばって、のさばって、のさばるしかあらへん）

ふてぶてしく生き残ることが、自分たちの証《あかし》なのだ。

柄《つか》をしっかと握る。黒剣を掲げ直し、構えは正眼《せいがん》。瞳《ひとみ》に蘇《よみがえ》る闘志《とうし》の炎。

「ウィルさん、どうしたんですか？」

いきなり元気を取り戻したことにソフィアは驚《おどろ》いた。

「こんだけ魔法《まほう》の実験台にされたんや、ソフィアちゃんがばっちり魔法使えるようになるの見んと、死んでも死にきれんで！」

♥

一瞬《いっしゅん》だった。

フィーマフェングの一撃《いちげき》で天空楼閣は崩壊《ほうかい》した。

空に残照のような薄煙《はくえん》を残し、跡形もなく消滅した。

生きているものは何もなかった。

——では、アリスとルビィはどうなったのか？

生きていた。

紫色の翼《つばさ》を広げた竜に乗り、無事、脱出を果たしていたのだ。

「助かった〜。アンタの手持ちの魔王が空飛べるヤツで」

アリスはまだ馬乗りに慣れていないのか、それとも高所が怖いのか、落ちないように竜の首にひっしとつかまっている。

その背中で、たずなを握っているルビィが笑った。

「大丈夫だよう。この子、言うことよく聞くから、落ちたって助けてあげられるし」

「あたしは生き返れるって言われても、死にたいとは思わないタイプなの！」

「確かに、そういう魔王欲しいわよねぇ。死んでも蘇《よみがえ》らせてくれるような魔王。あの男がいつ襲《おそ》ってくるかわかんないしさー」

あの男とはゲイネスト・ダービン。赤毛の筋肉漢のことだ。

「ま、そん時は、こいつでのたうち回らせてやればいいけど」

「……どうして、そこまであたしを助けてくれるの」

それはアリスの疑問だった。

「あたいがさんざんアークをおもちゃにしたせいで迷惑かけちゃったしね」

「それだけ？」

「あと、事態がこじれればこじれるほど、あたい的には面白《おもしろ》いというのもある」

「………やっぱりね」

アリスは感謝《かんしゃ》していいものか、迷った。

「あたいね、歴史に名を残すぐらい有名になりたいんだ」

「なんでそれが世界征服になるのよっ!?」

「歴史に出てくる偉い人はみーんな、なんか征服してるじゃない」

あっけらかんと、ルビィ。

「それは、そうだけど……」

「今回は世界中をびびらせるのが目的だったからアリスの名前を使ったけど、そうでなかったらあたしの名前でやりたかったんだから」

「やりたかったの!?」

アリスにはルビィの神経がわからなかった。自分をからかってやろうと、悪いことに名前を使ったと言われたほうがまだわかる。

(ぜんぜんわかんないよう……)

アークにしろソフィアにしろ、アリスにはまったく理解できないところがあった。

(頭ごなしに拒絶するのはよくないと思うんだけど……)

悪い子ではないと思うのだ。ルビィは。

なんとはなしに考えていると、彼女のほうから話しかけてきた。

「あたいね、捜してる人いるんだ」

笑ってはいる。ルビィは笑ってはいるのだけれど、寂しげな顔にも見える。

「誰《だれ》?」

「家族。離ればなれになっちゃったんだ」

「それで、——旅をしているの?」

「あたいが有名になれば、見つけてもらうこともできるでしょ? だから世界征服」

「極端よっ!」

（やっぱり理解できない！）アリスは思った。

「だって、目立ったほうがそれだけ見つけて貰《もら》えやすくなるでしょ？」

「自分から見つければいいじゃない」

「無理だよ」

「どうして」

「あたし、記憶《きおく》ないもん」

「え……」

あまりにもあっさりとルビィが口にしたので、アリスはその意味にたどりつくまで、間の抜ける時間を費やしてしまった。

「どういうこと～っ!?」

「あたいね、ひとりぼっちで泣いてた頃《ころ》からの記憶しかないんだ」

「いくつの……時？」

慎重に、アリスは口にする。

何が彼女を傷つける言葉になるのか、わからないからだ。

「さあ？　誕生日とか故郷とか、手がかりになるようなものは何も持ってなかったから」

ルビィの口調はさばさばとしている。今さら泣いたってしようがないと思っているのか、憐《あわ》れみを誘うような言い方はしない。そんな風に思われたくないからかもしれない。

「大きな戦闘《せんとう》があったんだって。それでいくつも村が全滅して、それであたいはどこの生まれかもわからずじまい。あのへんに住んでた人とは髪の色とかが違ったから、もしかしたらどっちかの軍に捕まってて、どこかに連れて行かれかけてた奴隷《どれい》だったのかもしんない。そう考えると自由になれてラッキーだったのかもね、あはははは」

けらけらとルビィは笑った。

アリスは――、笑えなかった。

「だからね、あたしは思うんだ。待っててくれる人がいるだけで、あたいはそれだけでその人たちのところへ戻る理由になるって」

（……そうだね）

アリスは心から思った。本当に思った。

そして、ルビィが善悪に囚《とら》われない理由も理解した。

迷惑といえば迷惑だが、彼女にしてみれば「お互い様」なのだろう。

なくされたものを取り戻すための戦いなのだ。

彼女は、玉座にふんぞりかえって「勇ましく戦ってこい」とただ命じるだけの人間とは違う。

自分の命をかけて、好きなように行動しているのだ。

他人にとってそれが悪だろうと、それでもかまわないと彼女が言ってしまえば、あとはのさばったほうが勝ちなのだ。

自分の生き方を通したほうの。

アリスは大きくうなずいた。

「そうだね。意地なんか張って自分から離れちゃうなんて、意味ないよね」

「そうだよ」

「アークが許してくれなくたって、許してくれるまであたしが粘ればいいんだものね」

「そうそう！」

「ありがとう、ルビィ」

「本気な顔で言わないでよ、照れるじゃない」

言って、ルビィは笑った。

と。

男の声がした。

「――言い残す言葉は、もうないか？」

驚《おどろ》いて、2人は振り向いた。

「ないなら、行くぞ」

翼竜《よくりゅう》の背に彼は立っていた。

不気味な笑みを浮かべる男。

ゲイネスト・ダービン。

……だった男だ。

♥

彼のしていた《統べる者の指輪》は間違いなく本物だった。

それが証拠に、彼は変質していた。

雨宿りができそうな胸筋も、丸太のような二の腕も、褐色だった肌《はだ》は鉄のように黒ずんで禍《まが》禍《まが》しい。頭部には角のようなものが生え始めており、腕には人間のものとは思えない関節ができていた。

「退屈だったのでな、暇つぶしに島を3つほど沈めてきた」

精神まで、変質していた。

これにはルビィも驚《おどろ》いた。

「ど、どうしちゃったんだよ。あんた、正義の味方じゃなかったの？」

「殺しても人は勝手に増える。たいしたことはなかろう」

「うひゃー」

ルビィは指輪の力を目《ま》の当たりにした。

「アークから話は聞いてたけど……」

おそるおそる、自分の指輪を見る。

人の身で魔王《まおう》を召喚しつづけると、彼のようになるのだ。

「……あんたも気を付けなさいよ。そろそろ」アリスが言う。

「そうだよねえ……」

「心配はいらん」

魔王と化しつつある男が吠《ほ》えた。

「ここで、死ね！」

「来て！　ナール（Nal）！」

ルビィは翼竜《よくりゅう》の名を呼んだ。

一撃《いちげき》必殺の魔術をかけさせようとしたのだ。

翼《つばさ》が淡い紫色に発光し、ナールはダービンの奥歯めがけて呪文《じゅもん》を叩《たた》き込もうとした。

それと交錯《こうさく》するように――、

指輪に向かって、ダービンがささやいた。

「ヘヴリング（Hefring）」

その瞬間《しゅんかん》、

ナールの頭部がさっくりと2つに割れた。

「えっ!?」

眼前に突如として現れた大鎌《おおがま》が、翼竜《よくりゅう》を一撃《いちげき》で絶命させてしまったのだ。

無論、大鎌の両手を持つのはダービンが呼び出した魔王《まおう》だ。

大きさにして5、6メートルはあろうか。カマキリを思わせる深緑色の魔王。

双剣魔王ヘヴリング——、これもまたアークが配下の魔王の1つである。

「ナール！」

力を失った翼《つばさ》は、めくれあがった傘のように風にあおられ、3人が乗った竜の巨体は2000メートルは下にある岩山めがけて真っ逆さまにダイブし始めた。

「先に死にたいのはどっちだ？　選ばせてやる」

脱出手段を持っているダービンには余裕がある。

「うわ、ヤなヤツ……」

ルビィはムカついた。

だが、状況は圧倒的にダービンの有利にあった。

召喚から0秒。

瞬《また》くほどの時間もなく魔力圏を突破し、相手を仕留める力をもった魔王を奴は使えるのだ。

自分たちを瞬殺《しゅんさつ》することなど簡単なはずだ。

そうしないのは、圧倒的優位を愉《たの》しんでやろうという嗜虐《しぎゃく》性のなせる技だ。

もったいをつけて、2人が苦しむ姿を見てやろうという魂胆だ。

（ムカつくなぁ〜！）

ひそひそ話をするように、ルビィはアリスに耳打ちをした。

「ねえアリス。あんたらっていくつ魔王持ってるの？」

「27……だったと思う」

「うわ、勝負にならなすぎ……」

ルビィの手持ちの魔王はもう、ゼロだ。

「どうした？ 次の魔王を出すなら出せ、待ってやってもいいぞ」

「くーっ！ 持ってないの知ってて言ってんでしょ！ アンタ！」

フフ、とダービンは笑った。

「クルーウワッハぐらいなら、すぐに呼び出せると思うけど……」と、アリス。

「そうなの？」

「いちおう、アークが封印してる魔王は、あたしもアクセスできるようになってるから」

「それを早く言ってよ！」

ルビィはパチンと指を鳴らした。

何かを思いついたようだった。

「でも強力な魔王を呼び出すには、それなりの準備がいるから」

「そんなのあたしに任せてよ！」

言って、ルビィは瞳《ひとみ》を輝《かがや》かせた。

「アリスは興奮《こうふん》すればいいんでしょ、興奮すれば」

「え？」

と、中途半端に開いたアリスの唇《くちびる》を、にやりと笑うルビィは自分の唇で塞《ふさ》いだ。

「!?!?!?」

驚《おどろ》くアリス。もがく彼女をルビィは抱きしめ、そして、

舌を入れた。

「〰〰っ！　〰〰っ！　〰〰っ！　〰〰っ！」

輝《かがや》き出す彼女の身体《からだ》。全身に浮かび上がる歌舞伎《かぶき》の隈取《くまど》りのような紋様。そして、

「出てきた〰〰〰〰っ！」

ルヴィはアリスの力を使って、魔王《まおう》を召喚した。

空一面に垂《た》れこめた雲。その一角が赤々と燃えていた。

その赤熱する雲を切り裂いて、流星のように落ちてくるものがあった。

はじめ、弾丸のような形をしたそれは、腕が飛び出し、翼《つばさ》を広げ——、人の姿となった。

巨人である！

こちらに迫ってくる。みるみると巨大になる。

親指ほどに見えていたそれは、手の平ぐらいの大きさとなり、さらに大きくなり、人の3倍

はあったはずの魔王《まおう》へヴリングを片手でつかみとって——、
握りつぶした！

そして落下する。

あまりの大きさに、翼《つばさ》を広げたところで落下速度はややとも落ちなかったのだ。

巨人はあっという間にアリスたちを追い抜いて、眼下の山脈につっこみ、平然と爆発《ばくはつ》した。

平気だからだ。

山の1つをぶっこわし、熱による水蒸気爆発で派手《はで》なキノコ雲を上げる。無論そんなもので巨人は傷つくはずもない。靄《もや》のような煙の中から彼は悠然と姿を現す。山肌《やまはだ》をステージとし、あたかも彼は垂れこめる雲をドライアイスかなにかのように従えて、翼を広げ直した。華麗《かれい》に、優雅に双翼《そうよく》を広げ——飛ぶ。

そして自由落下中の翼竜《よくりゅう》ナールを手のひらで受け止め、アリスたちを救いだすのだった。

「さあ、これで勝負は五分と五分よ！」

ルビィはまっすぐに立てた人差し指をダービンに突きつけた。

「この指輪のことは気にならぬか」

ダービンは右手にはめたアークの指輪をアリスに見せつける。

だがアリスは首を横に振った。断じて認めなかった。

認めないことにしたのだ。

「信じない！　あんたの言うことなんか!!」

ダービンは鼻で笑う。

「ならばこの指輪、どう説明をつけるつもりだ」

「関係ない！　あたしはアークを信じるから!!」

「よく言った！」

ルビィが喝采した。

「ふむ……よかろう。その気なら我も応じるまでだ」

ダービンの顔に焦りの色はない。むしろ、愉《たの》しんでいる様子《ようす》すらある。

「つまりそれって……」

アリスはイヤな……、イヤなイヤな予感がして、ルヴィを見た。

「ぴんぽーん」

とっても楽しそうな顔で答えるルビィ。

「やっぱりーっ！」

「あっちより早く、魔王を呼び出しまくるのだ〰〰〰っ！」

「ひ〰〰〰〰〰〰〰〰〰〰ん！」

ルビィの両手がたちまちアリスの服を破り捨てた。

「さあ、次の魔王を出しちゃいましょか！」

「そうはいくか！」

ダービンは指輪に次の名を唱えた。

「放て、アグナル（Agnar）!!」

言って、巨人の手の平から飛び出す。何もない空へ身を投げる。

「何が来ようと！　コイツのだんびらで一刀両断よ！」

巨人は腰《こし》に帯びていた剣を抜いた。

黒塗りの剛剣は、刀身だけで数十メートルはある。

ドラゴンなど言うに及ばず、山すら断つこともできる大剣だ。

だが、だが――！

パパパパパッ、と空にいくつもの腕が現れた。

服に開いた穴から指を出すように空のいたるところから腕を見せたそれは、手に槍《やり》を持ち、一斉に振りかぶり、アリスたちめがけてそれを投げつけた。

「きゃあああっ！」

ルビィは巨人に回避《かいひ》を命じた。

だが、四方八方全方位から襲《おそ》い掛かる槍に、巨人はたちまち、翼《つばさ》を、足を、頭をもぎとられていった。

槍のほうが巨人よりも巨大なのだ。

かすめた槍は眼下の山脈に突き刺さった。スケール感を逸する槍の大きさのせいで、砂山に立てた棒のようにも見えたが、山脈はいずれも1000メートルを超える標高の山々だ。

「何が一刀両断だと？」

ちょっとの隙《すき》にまたひとつ魔王《まおう》を召喚したのか、ダービンは天使の環《わ》のように丸く光る円盤《えんばん》に乗って、悠然とアリスたちの前に接近してきた。

「やっちゃえ！」

ルビィが命じる。だが巨人はぴくりとも反応しない。

黒塗りの剛剣など、腕ごともぎとられて姿もなかった。

「これはかわしきれるかな？」

ダービンはさっと手を上げる。

すると前の10倍はあろう数の腕が現れ、一斉に槍をかまえた。

放った。

「アリス！」ルビィは奥の手をつかう決意を固めた。

「へっ」

「覚悟しなさい」

ルビィの指先が光った。

風呂《ふろ》場でアリスを陶酔させたルビィの黄金の指先が、桃色《ももいろ》に光るアリスの柔肌《やわはだ》に触れた。

彼女の胸を左右5つの指が別々の生き物のように動き、その1つが先端に触れたとき。

「あンっ」

新たなる魔王《まおう》が召喚された！

彼女たちに向けられた数百の槍《やり》、その銀光が襲《おそ》い掛かる空間——つまりアリスたちの周囲に黒い穴が次々と開いた。

アリスたちと、ボロボロになった白い巨人を覆《おお》うように生まれだした黒穴の群れは、迫りくる槍を次々に呑《の》み込んでは消滅していった。

最後の1つを呑み込み終わると、ルヴィは命じた。

「吐き出しなさい！」

すると今度は無数の黒い穴がダービンの頭上はるか、天空に開いた。

「何っ！」

己が差し向けた銀槍が、自分めがけて放たれた。

数百の槍が、どしゃぶりの豪雨のように襲い掛かる。

「ならば！」

ダービンはさらなる魔王を呼んだ。

時空が歪《ゆが》んだ。

まるで魚眼レンズを通して見るかのように天地が歪み、彼めがけて垂直に落ちていた槍はあられもない方角に向かい、デタラメな場所を破壊《はかい》した。

歪みはすぐに戻る。

ほんの数秒の歪み――、地上を破壊するのはそれで充分だった。

針の山と化した地上。そして破壊された街からは火の手が上がっていた。

だが、彼女たちにはそれを振り返る時間すら与えられない。

ダービンが次なる魔王を召喚する動作に入っていたからだ。

「これならどう！」

ルビィは一帯の酸素を奪い尽くす魔王を彼にぶつけた。

「馬鹿が！」

ダービンはワープゲートを作る魔王を召喚して、それを地球の裏側に捨てた。

「今度は！」

ルビィは重力を逆転させる魔王を召喚し、彼を宇宙に吹き飛ばそうとした。

「それならば！」

ダービンは、地上を吹き飛ばそうと魔王を召喚した。

「させないわ！」

ルビィは時を止める魔王を召喚した。

「しょせんは封印された魔王だ！」

ダービンは魔王《まおう》の息の根を止める魔王を召喚した。

気付くと――、

地上は灼熱《しやくねつ》の海と化していた。

灼《や》ける大地、燃えさかる街、雪冠《せつかん》をかぶっていた山はただれ、ふもとを津波と化した雪溶け水が襲《おそ》う。引き裂かれ、海に沈む土地もある。空を分かつほどのマグマを噴出《ふんしゆつ》させる火山もある。すべてが地獄《じごく》絵図。目に入るすべてが阿鼻叫喚《あびきようかん》。

そんな事態に、なっていた。

さすがのルビィも驚《おどろ》いた。

「あわわ……」

「もう遅いわよ！」と、アリス。

見渡せるだけの地上に限っていえば、まともに生きてる人間は、腕と胴体を残すだけとなった巨人の手の平にいる２人だけではないかと思えるほどだった。

「いいかげん決着つけなくちゃね～」

地球そのものが元も子もなくなってしまう。

そんな態度を、ダービンは弱気と受け取ったらしい。

「戦いに飽きたか」

鼻で笑った。

「あんただって壊《こわ》れたおもちゃが手に入っても楽しくないでしょ？」

かまわぬよ、とダービンは答えた。

「数億年もすれば蘇《よみがえ》るだろう？」

「うわっ、気長！」

そして、ダービンは指輪に唱えた。

「フヴェルゲルミル――！（Hvergelmir）」

言葉と共に――、地上の一角が割れた。

「な……何よ、あれ……！」

ルビィは手を止めた。

どのぐらいの深度から粉砕されているのか、割れた一角から、赤く燃える筋が網の目のように走っていく。燃える筋はマグマだ。灼熱《しゃくねつ》する溶岩が噴《ふ》き出しているのだ。岩盤《がんばん》がまるで卵の殻《から》のように剝《は》がれていく。地の底から首をもたげるものがある。炎熱の海からとてつもないものが姿を現す。

それは、ミミズ。

笑えるほど大きなミミズだった。

地上から出てきたもののはずなのに、いつのまにかアリスたちは見上げている。

アリスたちを手の平に載せている巨人など豆粒に見えてしまうほどの大きさ。

宇宙から見れば、地球という毛玉からピンと飛び出した糸ぐらいに見える大きさだ。

ミミズの頭部は花のつぼみのようにふくらんでいる。

それが開く。

中はツボのようになっていた。どこにつながっているのだろう。ツボの中はマグマと同じ色に燃えていた。

尻尾《しっぽ》は大地の中にある。

ツボの中はぎとぎとと煮えたぎり、こちらに照準を向けたマグマが今にもこぼれ落ちそうであった。

「こ——、こっちだって！」

ルビィはアリスの胸をまさぐった。

反応が弱い。

キスもしてみた。

反応が鈍い。

舌を入れて、なめてみた。

身体《からだ》の発光はむしろ弱まった。

「ちょっとアリス！　どうしちゃったのよ！　こんな時に!!」

「な……慣れちゃったみたい」

恥ずかしげではあるが、いくぶん正気を取り戻した顔で、アリス。

「へえええっ!?」

「ていうか疲れちゃった……。魔王《まおう》出すたびにあたしの魔力使ってるんだから」

「そ、そんなあ！　こんな時にバテてどーすんのよ!?」

ダービンは傲然《ごうぜん》と笑った。

「フハハハハハハ！　無様な幕切れだな!!」

「く〜っ！」

歯ぎしりをしてルビィは悔しがった。

「ごめん……、ルビィ……」

ひどい目に遭ってるくせに、アリスは謝《あやま》った。

「まだ——、まだよ！」

ルビィは拳《こぶし》をぎゅっと握りしめ、ダービンに対した。

だが、ダービンは揺るがない。

むしろ愚かな抵抗めと、彼女をあざわらうだけだ。

「何が残されているというのだ？　今の、お前に」

「あるわよ」

言って、アリスに向き直る。

「こうなったら、奥の手を使うしかないわ」

「奥の手?」

「さすがにアリスもここは未開拓でしょ?」

ルビィはウィンクをした。

きょとんとするアリス。その隙《すき》に、黄金の指先が、彼女の股《また》の間に進入した。

「んっ!?」


大事なところを、触った。


「あ、あ、あ、あ、あ!」

刹那《せつな》。

凄《すさ》まじく! 凄まじく! 凄まじく! 凄まじく! 凄まじく!

驚《おどろ》くべきほど凄まじい魔力《まりょく》がアリスの全身からほとばしった!!

身体《からだ》が爆発《ばくはつ》するかのようだった。その霊圧《れいあつ》に——霊圧だけでルビィは吹き飛ばされた。

空に放り出され、真っ逆さまに。

だが、柔らかな手の平に救われる。

透き通った、光の手。

ルビィは空を見上げた。

「あ……、あ……！」

なんと、天地をつなぐほどに巨大なフヴェルゲルミルをさらに超える光の女神が、立っていたのだ。

アリスを懐《ふところ》に抱き、屹立《きつりつ》する光の女神——彼女の魔力が顕現《けんげん》させたものだ。

柔らかな光を放ちながら、敵を見据えるその横顔は、とてもアリスに似ていた。

「コケおどしを！」

ダービンが指輪に何かをつぶやこうとした。

その直後、

腕が弾《はじ》け飛んだ。

女神は指ひとつ動かしてはいない。その懐にアリスを抱きながら、ほんのわずか、唇《くちびる》を歪《ゆが》めただけだ。

それだけでダービンの右腕を瞬殺《しゅんさつ》したのだ。

指輪はキラキラと光りながら地上へ落ちていった。

「なっ……！」

初めて彼の顔が恐怖に染まった。

その時だ。

それまで彼の意のままに従っていたミミズ——フヴェルゲルミルが突然、頭を揺るがせ、彼に襲《おそ》い掛かった。ダービンは己のミスを悟った。魔王使い《インカーネイター》は常に魔王《まおう》に喰《く》われる恐怖と戦わなければならない。ましてや彼のようにただの人間に過ぎない男は、ほんのわずかでも心に弱気を抱けば、魔王に——、支配下にある魔王に——、喰われてしまうのだ。

「違う！　今のは——っ！」

それが、彼の断末魔《だんまつま》の叫びとなった。

「勝ったあ〰〰〰〰〰〰〰〰〰〰〰〰〰〰〰〰〰っ！」

ルビィは叫んだ。

「勝ったよ！　勝ったよアリス！　あたいたちが勝ったんだ！　勝ったんだよ！」

「そ……そうみたい」

アリスはまだ半信半疑の様子《ようす》だ。

「アリスぅ！」

不意に飛べる気がして、ルビィは女神の手の平を蹴《け》った。

するとふわりと身体《からだ》が浮かんで、数百メートルは離れたアリスのところまで一気に跳躍《ちょうやく》した。

そういう力場が、女神の回りに働いているのだろうか。

「やった！　やったよ、アリス！」

「やった、ね……」

放心したようにがっくりと膝《ひざ》をつくアリスをルビィは支え、抱きしめ、頬《ほお》ずりをした。

「大丈夫？　こんなおっきなもの出したら、そりゃあ疲れるよね。でもよかった。勝負がついてホントによかったよぉ～」

アリスは全身の力が抜けてしまったのか、ルビィの腕の中でぐったりとしている。

そんな彼女をしっかりと抱きしめながら、ルビィははしゃいだ。

「ダメかと思ったよ。今度ばっかりはもうダメかと思ったよ～」

「ホント、あたしも思った……」

「よかったよ。アリスがいたいけな女の子で」

「はは」

「これがもう、男をとっかえひっかえして毎晩毎晩やりまくってる子だったり、ひとりエッチを毎晩毎晩しまっくってる子だったりしたら、こんなに過敏な反応はできないもんね！　いやー、よかった！　アリスが清純で！」

「も～、やめてよう」

恥ずかしがるアリス。

それでもケラケラと笑っているのは、勝利の余韻《よいん》に酔っているからだろうか。

「でもさあ、アリス」

「何？」

ルビィは興味津々《きょうみしんしん》の目で言った。

「触ったただけでこんなものが出てきちゃうんだから、もっとしたら、もっとすんごいのが出てくるんじゃない？」

「や、やめてよ……」

「なんかあたし……男より、こっちに走っちゃいそう……」

「へ……ええっ!?」

アリスは自分がしっかと抱きしめられていることに気付いた。

気付いた時には、ルビィの唇《くちびる》が迫っていた。

瞳《ひとみ》が爛々《らんらん》と燃えていた。肉付きのいい唇がうるんでいた。

「や、やめて〰〰〰〰〰っ!!」

ばっ、と彼女の腕から抜け出して、アリスは逃げ出した。

「あはははは」

ルビィは笑った。

それでアリスも、いたずらだということに気付き、顔を余計に真っ赤にした。

「も〰〰〰っ！　ルビィ〰〰〰〰〰〰〰〰〰〰〰〰〰〰〰〰っ！」

今度はルビィが逃げ回る番だった。

女神の懐《ふところ》、その豊かな胸の上を、２人はぐるぐると走り回った。

「こんなとこでふざけてないで、アークを捜しに行こうよ～っ！」

ルビィは笑いながら、言った。

大団円っ!!

「散々だったぜ……」

ベッドの上で、アークはぼやいた。

「気付いたら身体《からだ》中縛《しば》られて、コンクリート詰めで海に放り出されたんだぜ……」

「よく生きていたものだな」

尋ねたのは黒百合《くろゆり》だ。

「カグヤが助けてくれたんだよ」

「見あたらなかったが」

「すぐに見つかってダービンとのバトルになったんだよ。カグヤはよく戦ったと思うぜ。3つぐらい街が消えちまったけど、それでもなんとか奴を振り切って、俺《おれ》をここまで連れてきてくれたんだからさ。今頃《いまごろ》はこの下で傷を癒《いや》してるところだよ」

と、アークは親指で床を指した。床の下は地底である。

ここは乙女騎士《きし》団の教会だ。

カグヤはここならばアークを保護《ほご》してもらえるだろうと、黒百合を頼ったのだ。

緑なす山間にあったこの教会も、今や焼け野原にかろうじてたたずむ薄《うす》汚れた建物だ。鐘《かね》を鳴らすために立てられた尖塔《せんとう》は折れ、ステンドグラスのほとんどは割れ、そこが教会だと示すものは何もない。

だが、アリスとダービンとの戦いで大陸に無傷な場所はないような状態だった。

屋根が残っただけでも満足しなければならないだろう。

「リンゴを召し上がりますか？」

ナース服をまとった騎士団の少女が手をそえて、キレイに切ったリンゴを差し出した。

「ん、あんがと」

一口で、むしゃむしゃとほうばる。

「けっこう元気ではないか」

椅子《いす》に腰掛けていた黒百合は腕を組みながら、アークの様子《ようす》に安心した。

「しかし慣れないことはするもんじゃないよな」

「どうしたんだ？」

「アリスが世界征服とか馬鹿《ばか》なこと言い出したからさ、どーせ、ルビィあたりが馬鹿なこと考えたんだろって助けに行こうとしたら、ダービンに捕まってさ、この始末だよ」

「たしかにな。貴様が女を助けに行くのだからな。天変地異が起こっても不思議じゃない」

フフ、と黒百合は微笑した。

ぎい、と扉が開く。扉はアークの背後にある。ひさしぶりに顔を見せた彼女を見て、黒百合は懐《なつ》かしそうに頷《うなず》いた。

それにアークは気付かず喋《しゃべ》り続ける。

「まったく、アリスにかまうとろくなことがねえよ」

「そうなんだあ」

「人の言うこと全然聞きやしないで、怒ったり、わめいたり、暴れたり」

「ふうん」

「あいつは《魔王《まおう》の心臓》があるから、ちょっとやそっとのことじゃ死なねーだろうけど、こっちは多少は頑丈ったって、死ぬ身体《からだ》してるんだからさ」

「リンゴ食べる？」

「おう」

と、振り向いたアークが見たものは。

にっこり、と笑うアリスの顔だった。

「…………………」

「リンゴ、食べる？」

実に、にっこりと。

「ど……、どっから聞いてたの？　今の話」

「あたしにかまうとろくなことがないってあたりから」

にっこりと。

「い、いや、あの、今の話には前置きがあってだな。そもそも俺《おれ》がベッドで横になっている理由というのも……」

冷や汗だらだらで弁解を始めるアーク。

「いいよ、話さなくたって」

「いや、話さないと、俺の身が」

「殴ったりしないよ」

「へ？」

「殴ったりしないってば」

「へえぇっ!?」

アークはのけぞるように驚《おどろ》いた。

怪我《けが》をしていた身体の節々が一気に悲鳴を上げたが、そんなことも気にならなかった。それほどとんでもない言葉をアリスが口にしたからだ。

「い……いま、なんつった？」

「ごめんね、アーク」

「はあっ!?」

アークは目を疑った。

信じられない顔をして……、目玉が飛び出そうなぐらいに驚いて、アリスを見る。

アークのそんな態度にもアリスは動じず、少しの怒りも見せず、ゆっくりと微笑《ほほえ》んだ。

「あたし、やっとわかった」

「な……何を？」

「本気で向き合うのが怖くて、アークのやることなすことにケチをつけて逃げ回ってただけってことに」

アリスはとても素直な顔をしていた。

すべてがふっきれたのだろう、とても優しい顔をしていた。

「あたしは、アークが好き」

しっかりと言った。

「あ……、あ……」

口をあんぐりと開けたまま、アークは言葉もない。

どう反応してよいか困っているのだ。

助けを求めようと、左右を向くが、黒百合《くろゆり》たちはいつのまにか部屋を出払っていた。

アリスはゆっくりと、そして誠実な目をして尋ねる。

「アークは？　アークはどう？」

「あ、あのさあ……」

「何？」

「これって、なんの罰ゲームなの？」

アークは疑いの目をアリスに向けた。

「俺《おれ》があまりに役立たずでひどいことばっかりするか、なんか、なんか企《たくら》んでるんだろ」

「え、違う、違うよう。あたしはホントに」

「ウソだあ！　アリスがそんな素直になるわけないじゃん！」

「ひっどーい！　あたしだってねえ！」

「無理すんなよ。お前はいつもどーりでいいからさぁ」

「あ……、もしかしてアーク。大嫌いって言ったこと気にしてるの？　ごめん、ホントにごめんね！」

「いや、そんなのハナから気にしてねーけどさ。むしろ今の素直なお前のほうが気持ち悪い」

「どういう意味よ～っ!!」

その光景を、ちょっとだけ開けておいた扉の隙間《すきま》からのぞいている人たちがいて……。

「……だから言わぬことでない。しょせんアークはああいう男なのだ」と、黒百合。

「アリスさん、かわいそう……」と、ソフィア。

「ま、兄貴に多くを望んでもな」と、ウイル。

「しょうがない。あたいが一肌《ひとはだ》脱いでやるか」と、ルビイ。

「……ちょっと待て！」と、ぎょっとした目を向けたみんなが見たものは。

ホントにはらりと一肌脱いでしまったルビイの姿だった。

「アリス〜！　アークなんかほっといて、あたいとイイことの続きしよ〜っ！」

上着をはだけた格好で、ルビィはアリスに抱きついた。

「ええっ!?」

「ちょっと待てよ！　アリス、お前いつのまに！」

「違う！　これはルビィが勝手に……」

「あたい知ってるんだよぉ」

「何がだよ」

「大事なところ触ったとき、アリスがどんな声をするか」

「な、なに〰〰〰〰〰っ！」

立ち上がるアーク。血相を変えるアリス。

「ルビィ──っ！」

「だから、2人が喧嘩《けんか》するんだったら、アリスはあたしと、ね」

「違うの、アーク違うんだったら！　これはね」

「………」

アークは言葉を失ったまま、立ち尽くしていた。

肩が震《ふる》えている。

ぶるぶる、ぶるぶると震えている。

怒っているのだ、とアリスは思った。

「ごめんねアーク。でもこれは事故みたいなもので……」

別に自分はアークのものになったわけではないが、アークが我慢して我慢して我慢していたものだということはわかっている。がっかりさせてしまったことを、謝《あやま》ってみる。

「………」

アークからの返事はなかった。

「……怒ってる?」

返事はなかった。

胸の内ですさまじく感情が荒れ狂っているのだろうか。アークは拳《こぶし》を握りしめたまま、何かを考えつづけている様子《ようす》だった。

何度か深呼吸して、落ち着いたところで、彼はつぶやいた。

「ルビィ」

「何?」

首を傾《かし》げるルビィに、アークはニヤリと笑みを浮かべた。

それは、とびきりのイタズラを思いついた時の笑顔だった。

「え……」

アリスはイヤな予感がした。

その不安は正解だった。

アークは、びし、と親指を立てて宣言したからだ。

「こうなったらどっちがアリスの初めてを奪うか！　競争だぜ!!」

「いいよっ」

「ちょっと待ってえええええええええええええええええええええええええええええ——っ!?」

それを見て、

「ハッピーエンドですね♪」ソフィアが言った。

「……そ、そうなのか!?」

黒百合《くろゆり》は困惑した。

世間は広い、と思うしかなかった。

（おしまい）

あとがき

お久しぶりです。

ちょっとばっかし本が売れたからって、あぶく銭で旅ばかりしてました。

とても有意義な1年半でした。

「1年半もすっぽかして、たったのそれだけかよ」

「僕は800年は生きるつもりですから、僕時間に直せばたったの1カ月半ですよ」

とか言ったら、担当さんにめちゃくちゃ怒られました。

ホントは8000年なのに。


ドラマCDが出ました！


いや、エイプリルフールの冗談などではなく。

アリス役の田村《たむら》ゆかりさんやアーク役の上田祐司《うえだゆうじ》さんをはじめとして、キャストが豪華なぶん、シナリオライターはしょぼいです。僕です。

1巻をそのままコピー&ペーストして、原稿料をタダ儲《もう》けしようと思ったのはここだけの話です（注：ドラマCDはオリジナルストーリーです）。

電撃《でんげき》の忘年会でゲームキューブ（バイオハザード付き）が当たりました！

「つまりこれは編集部公認GC！　いくら遊んでも、そのせいで締《し》め切りが守れなくても大目に見てくれる特別なGCってことですよね！」

とか言ったら、取り上げられました。

新作準備中です！

……GCを取り戻したいから、ではなく。

今度は普通の話を書こうと思ってます。

惑星の運命も左右されず、善と悪の対決もなく、人の心の闇《やみ》も覗《のぞ》いたりすることもなく、ひとりの女の子の人生を丁寧《ていねい》に追っていこうかなと思ってます。第1話「受精」、第2話「細胞分裂」、第3話「着床」…………、生まれてからの話にしようかな、やっぱ。

んじゃ、僕はこれからまた旅に出ます！　またね！

（今度の旅は1年半もかからないはず……）あすか正太《しょうた》

◉あすか正太著作リスト

「アースフィア・クロニクル　大魔王アリス」（電撃文庫）
「アースフィア・クロニクル　大天使フィオ」（同）
「アースフィア・クロニクル　大賢者ソフィア」（同）
「総理大臣のえる！　彼女がもってる核ボタン」（角川スニーカー文庫）
「総理大臣のえる！　恋する国家権力」（同）
「総理大臣のえる！　乙女の怒りは最終兵器」（同）
「総理大臣のえる！　撃破！　日本消滅計画」（同）
「総理大臣のえる！　サジはなげられた！」（同）

本書に対するご意見、ご感想をお寄せください。

■

あて先

〒101-8305 東京都千代田区神田駿河台1-8 東京YWCA会館
メディアワークス電撃文庫編集部
「あすか正太先生」係
「門井亜矢先生」係

■

電撃文庫

アースフィア・クロニクル
大魔王《だいまおう》アリスLOVE
あすか正太《しょうた》

発行　二〇〇三年三月二十五日　初版発行
発行者　佐藤辰男
発行所　株式会社メディアワークス
〒一〇一-八三〇五 東京都千代田区神田駿河台一-八
東京YWCA会館
電話〇三-五二八一-五二〇七（編集）
発売元　株式会社角川書店
〒一〇二-八一七七 東京都千代田区富士見二-十三-三
電話〇三-三二三八-八六〇五（営業）
装丁者　荻窪裕司（META＋MANIERA）
印刷・製本　加藤製版印刷株式会社
落丁・乱丁本はお取り替えいたします。
定価はカバーに表示してあります。

ISBN4-8402-2313-0 C0193

電撃文庫創刊に際して

文庫は、我が国にとどまらず、世界の書籍の流れのなかで〝小さな巨人〟としての地位を築いてきた。古今東西の名著を、廉価で手に入りやすい形で提供してきたからこそ、人は文庫を自分の師として、また青春の想い出として、語りついできたのである。

その源を、文化的にはドイツのレクラム文庫に求めるにせよ、規模の上でイギリスのペンギンブックスに求めるにせよ、いま文庫は知識人の層の多様化に従って、ますますその意義を大きくしていると言ってよい。

文庫出版の意味するものは、激動の現代のみならず将来にわたって、大きくなることはあっても、小さくなることはないだろう。

「電撃文庫」は、そのように多様化した対象に応え、歴史に耐えうる作品を収録するのはもちろん、新しい世紀を迎えるにあたって、既成の枠をこえる新鮮で強烈なアイ・オープナーたりたい。

その特異さ故に、この存在は、かつて文庫がはじめて出版世界に登場したときと、同じ戸惑いを読書人に与えるかもしれない。

しかし、〈Changing Time, Changing Publishing〉時代は変わって、出版も変わる。時を重ねるなかで、精神の糧として、心の一隅を占めるものとして、次なる文化の担い手の若者たちに確かな評価を得られると信じて、ここに「電撃文庫」を出版する。

1993年6月10日
角川歴彦

電撃文庫

大魔王アリス

アースフィア・クロニクル

あすか正太
イラスト／門井亜矢

ISBN4－8402－1629－0

魔王の心臓を埋め込まれたアリスは大魔王を倒す旅に出た。バカ全開な仲間に翻弄される乙女の運命やいかに!? 前人未到のハイテンションファンタジー登場！

あ-12-1　0484

大天使フィオ

アースフィア・クロニクル

あすか正太
イラスト／門井亜矢

ISBN4－8402－1816－1

天使を呼ぶ歌声の少女フィオを巡ってアークとアリスが大激突!? 土俵際の世界にルール無用の魔王軍団が再び見参だ!! 今度は、もっとキュートで過激なんです。

あ-12-2　0557

大賢者ソフィア

アースフィア・クロニクル

あすか正太
イラスト／門井亜矢

ISBN4－8402－1974－5

ソフィアの故郷に逃げ込んだアリスを待っていたのは、いつも通りの世界の危機と自分の胸の危機だった！『大魔王アリス』シリーズ第3弾、待望の登場!!

あ-12-3　0605

大魔王アリスLOVE

アースフィア・クロニクル

あすか正太
イラスト／門井亜矢

ISBN4－8402－2313－0

怒り狂う魔王の群れを鎮めることができるのは、乙女の純情だけ？ 地上最強の女子高生アリスと仲間たちが繰り広げる、コミカル・ファンタジーついに最終章！

あ-12-4　0775

HAPPY★LESSON THE TV

吉岡たかを
イラスト／細田直人

ISBN4－8402－2183－9

天涯孤独な高校生、仁歳チトセは、ひょんな事から5人の美女教師と同居するハメに……。大人気テレビアニメ版の前日談が電撃文庫で登場！

よ-2-1　0713

電撃文庫

ブギーポップは笑わない

上遠野浩平
イラスト／緒方剛志

ISBN4－8402－0804－2

第4回ゲーム小説大賞〈大賞〉受賞作。上遠野浩平が描く、一つの奇怪な事件と、五つの奇妙な物語。少女がブギーポップに変わる時、何かが起きる――。

か-7-1 0231

ブギーポップ・リターンズ VSイマジネーターPart1

上遠野浩平
イラスト／緒方剛志

ISBN4－8402－0943－X

第4回電撃ゲーム小説大賞〈大賞〉受賞の上遠野浩平が書き下ろす、スケールアップした受賞後第1作。人の心を惑わすイマジネーターとは一体何者なのか……。

か-7-2 0274

ブギーポップ・リターンズ VSイマジネーターPart2

上遠野浩平
イラスト／緒方剛志

ISBN4－8402－0944－8

緒方剛志の個性的なイラストが光る〝リターンズ〟のパート2。人知を超えた存在に翻弄される少年と少女。ブギーポップは彼らを救うのか、それとも……。

か-7-3 0275

ブギーポップ・イン・ザ・ミラー「パンドラ」

上遠野浩平
イラスト／緒方剛志

ISBN4－8402－1035－7

ブギーポップ・シリーズ感動の第3弾。未来を視ることが出来る6人の少年少女。彼らの予知にブギーポップが現れた時、運命の車輪は回りだした……。

か-7-4 0306

ブギーポップ・オーバードライブ 歪曲王

上遠野浩平
イラスト／緒方剛志

ISBN4－8402－1088－8

ブギーポップ・シリーズ待望の第4弾。ブギーポップと歪曲王、人の心に棲む者同士が繰り広げる、不思議な闘い。歪曲王の意外な正体とは――？

か-7-5 0321

電撃文庫

夜明けのブギーポップ
上遠野浩平
イラスト／緒方剛志
ISBN4－8402－1197－3

「電撃hp」の読者投票で第1位を獲得した、ブギーポップ・シリーズの第5弾。異形の視点から語られる、ささやかで不可思議な、ブギー誕生にまつわる物語。

か-7-6　0343

ブギーポップ・ミッシング ペパーミントの魔術師
上遠野浩平
イラスト／緒方剛志
ISBN4－8402－1250－3

軌川十助――アイスクリーム作りの天才。ペパーミント色の道化師。そして〝失敗作〟。ブギーポップが〝見逃した《ミッシング》〟この青年の正体とは……。

か-7-7　0367

ブギーポップ・カウントダウン エンブリオ浸蝕
上遠野浩平
イラスト／緒方剛志
ISBN4－8402－1358－5

人の心に浸蝕し、尋常ならざる力を覚醒させる存在〝エンブリオ〟。その謎を巡って繰り広げられる、熾烈な戦い。果たしてブギーポップは誰を敵とするのか――。

か-7-8　0395

ブギーポップ・ウィキッド エンブリオ炎生
上遠野浩平
イラスト／緒方剛志
ISBN4－8402－1414－X

謎のエンブリオを巡る、見えぬ糸に操られた人々の物語がここに完結する。宿命の二人が再び相まみえる時、その果てに待つのは地獄か未来か、それとも――。

か-7-9　0420

ブギーポップ・パラドックス ハートレス・レッド
上遠野浩平
イラスト／緒方剛志
ISBN4－8402－1736－X

九連内朱巳、ミセス・ロビンソン、霧間凪そしてブギーポップ。謎の能力を持つ敵を4人が追う。恋心が〝心のない赤《ハートレス・レッド》〟に変わるとき少女は何を決断するのか？

か-7-11　0521

電撃文庫

ヴァルキュリアの機甲 ～首輪の戦乙女～
ゆうきりん
イラスト／宮村和生
ISBN4－8402－2074－3

ヒロイン真珠のバストは8mのΩカップ!? 身長も体重もスリーサイズもみ～んなフツーの娘の10倍サイズ！ そんな真珠がヴァルキュリアとなって世界を守る！

ゆ-1-1　0660

ヴァルキュリアの機甲Ⅱ ～恋愛操作～
ゆうきりん
イラスト／宮村和生
ISBN4－8402－2162－6

うまく機能し始めたヴァルキュリアたち。しかし、同時に大きな陰謀も動き始めていた……！ 真珠が『初恋』を体験するなか、黒いヴァルキュリアが動き出す！

ゆ-1-2　0702

ヴァルキュリアの機甲Ⅲ ～黄昏の花嫁～
ゆうきりん
イラスト／宮村和生
ISBN4－8402－2254－1

ついに〝黄昏の時〟がやってきた……！ ヴァルキュリアたちと竜一郎の溝は深まり、世界は破滅へと向かっていく。最後の望みは、真珠がつくるケーキだった!?

ゆ-1-3　0741

ヴァルキュリアの機甲Ⅳ ～乙女達の楽園～
ゆうきりん
イラスト／宮村和生
ISBN4－8402－2310－6

ロキと愛し合ったレイン達3人は、ロキの子を授かった。しかし、これもラグナロクの伴奏に過ぎない。最終決戦はもう目の前に……!! ついにシリーズ完結！

ゆ-1-4　0772

猫猫《にゃんにゃん》雑《ざつ》技《ぎ》団《だん》
篠崎砂美
イラスト／水野耕太
ISBN4－8402－2270－3

人猫《ひとねこ》の少女・可憐《かれん》は若いながらもサーカス団〝猫猫雑技団〟の団長である。ひとクセもふたクセもある団員を率いて町から町へ。そこで巻き起こる大騒動！

レ-3-10　0753

電撃文庫

頭蓋骨のホーリーグレイル
杉原智則
イラスト／瑚澄遊智
ISBN4－8402－2151－0

いないはずの〝子供〟と話をする姉――涼子。彼女と一緒に暮らす須賀弘人は美人局で金を稼ぎ、それなりに〝平和〟に暮らしていた。だが――！

す-3-3 0690

頭蓋骨のホーリーグレイルⅡ
杉原智則
イラスト／瑚澄遊智
ISBN4－8402－2182－0

バフォメット教団の生き残り、羅魂陽馬は時忘れの回廊の封印を解いた。現れたのは教団さえ手におえず封印した魔人たち四人……暗黒ファンタジー第2弾！

す-3-4 0712

頭蓋骨のホーリーグレイルⅢ
杉原智則
イラスト／瑚澄遊智
ISBN4－8402－2253－3

友達と海に遊びに行くという咲夜に、父親の遼馬は気が気でない。一方、須賀弘人は懐かしい顔と出会っていた……。暗黒ファンタジー第3弾！

す-3-5 0740

頭蓋骨のホーリーグレイルⅣ
杉原智則
イラスト／瑚澄遊智
ISBN4－8402－2308－4

女子高生のボディガード役としてとある温泉地まで行くことになった須賀弘人。そこで待っていたのは例によって例の如く……!! 暗黒ファンタジー第4弾!!

す-3-6 0770

おねがい☆ティーチャー みずほと桂のMilky Diary
雑破 業
イラスト／羽音たらく＆合田浩章
ISBN4－8402－2323－8

TVアニメ本編では描かれなかったみずほと桂のドタバタ新婚生活が今明らかに!? コミックも好調の人気作、ついにノベライズで登場！

さ-6-1 0776

電撃文庫

灰色のアイリス

岩田洋季
イラスト／東都せいろ

ISBN4－8402－2148－0

灰色の異空眼という特殊な瞳をもつ少女をめぐり、世界は混乱へと陥っていく！期待の新人と話題のイラストレーターで贈る、注目の新シリーズ登場！

い-5-1 0687

灰色のアイリスⅡ

岩田洋季
イラスト／東都せいろ

ISBN4－8402－2181－2

世界を震撼させた美木響二の死。その死因を探る娘の優夜が朝霧奏の前に現れた。罪の意識に苛まれる奏をよそに周囲では様々な思惑が――!? 注目のシリーズ第2弾！

い-5-2 0711

灰色のアイリスⅢ

岩田洋季
イラスト／佐藤利幸

ISBN4－8402－2257－6

朝霧未来が永遠に続いて欲しいと願っていた平穏な日々は、都庁崩壊と共に崩された。悪夢の中に現れる謎の少女・イリスが、世界の終焉へ向けて動き始め――！

い-5-3 0744

灰色のアイリスⅣ

岩田洋季
イラスト／佐藤利幸

ISBN4－8402－2309－2

美木響紀らによって、未来を連れ去られた朝霧奏は、一つの選択をした――。選んだその道の先に希望が待っていることを信じて……！

い-5-4 0771

いぬかみっ！

有沢まみず
イラスト／若月神無

ISBN4－8402－2264－9

かわいいけど破壊好きで嫉妬深い犬神の少女ようこと、欲望と煩悩の高校生、犬神使いの啓太が繰り広げるスラップスティック・コメディ登場！

あ-13-4 0748

電撃文庫

キノの旅VI the Beautiful World
時雨沢恵一
イラスト／黒星紅白
ISBN4－8402－2155－3
出国待ちのキノとエルメスは一人の男と出会う。その男は過去の殺人の許しを乞うために、これから一人の女性と旅に出ると言う。（「彼女の旅」）他全11話収録。
し-8-7　0695

アリソン
時雨沢恵一
イラスト／黒星紅白
ISBN4－8402－2060－3
ヴィルとアリソンはホラ吹きで有名な老人と出会い、〝宝〟の話を聞く。しかし二人の目の前でその老人が誘拐され――!?「キノの旅」時雨沢＆黒星が贈る長編作品。
し-8-6　0644

アリソンII 真昼の夜の夢
時雨沢恵一
イラスト／黒星紅白
ISBN4－8402－2307－6
アリソンの強い勧めで、冬休みに学校の研修旅行に出かけたヴィルだったが、友人と散策途中に誘拐されてしまい――!?爽快アドベンチャー・ストーリー第2弾。
し-8-8　0769

クッキング・オン！
栗府二郎
イラスト／珠梨やすゆき
ISBN4－8402－2262－2
西暦2102年。空渡凪は東道頓堀調理師専門学校に入学した。そこには個性豊かな教師・生徒が勢ぞろい！　栗府＆珠梨コンビが贈る元気てんこ盛ストーリー！
く-1-7　0746

放課後のストレンジ ユージュアル・デイズ
大崎皇一
イラスト／山本 京
ISBN4－8402－2268－1
ストレンジに触れたものは、異質な存在となる――。私立六陸学院の神代皇莉を取り巻く生徒たちが起こすストレンジな出来事とは？　気鋭の新人デビュー作！
お-6-1　0751